CATALOGUE
DE LIVRES
PROVENANT DU CABINET
DE M. BUFF..

THÉOLOGIE. — BEAUX-ARTS.
BELLES-LETTRES. — HISTOIRE DE FRANCE, DES PROVINCES, ETC.
ARCHÉOLOGIE. — BIBLIOGRAPHIE.

Vente publique les 21, 22 et 23 octobre 1867,
rue des Bons-Enfants, 28 (salle Sylvestre, n° 1),
à sept heures du soir;

PAR LE MINISTÈRE DE Me DELBERGUE-CORMONT, COMMISSAIRE-PRISEUR
8, rue de Provence;

ASSISTÉ DE M. BACHELIN, EXPERT.

PARIS
LIBRAIRIE BACHELIN-DEFLORENNE,
3, QUAI MALAQUAIS, 3,
AU PREMIER, PRÈS DE L'INSTITUT.

1867

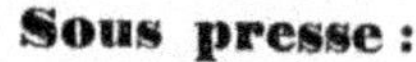

Sous presse :

CATALOGUE

DE

LA BIBLIOTHÈQUE

DE FEU

M. LE BARON DE LAROCHE-LACARELLE

COMPRENANT

Les ouvrages les plus précieux sur l'histoire des provinces du Lyonnais, du Dauphiné, du Forez, du Beaujolais, de la Bresse, de la Savoie, de la Franche-Comté et de la Bourgogne,

Ainsi que

Sur l'histoire de la Noblesse en général, sur l'Archéologie, la Bibliographie,

Avec un choix remarquable

De Fabulistes et d'ouvrages en divers genres.

La vente de cette riche Collection aura lieu, aux enchères publiques, à Paris, le 18 novembre 1867 et les jours suivants, rue des Bons-Enfants, nº 28 (salle Sylvestre, nº 2), par le ministère de Mᵉ Delbergue-Cormont, commissaire-priseur, assisté de M. Bachelin, expert.

Ce Catalogue sera envoyé *franco* à tous les Abonnés du

BIBLIOPHILE FRANÇAIS

REVUE BI-MENSUELLE

(6ᵉ année).

Publiée au prix de 3 francs par an et donnant droit à la réception *franco* de tous les Catalogues de ventes publiques ou à prix marqués publiés annuellement par la librairie BACHELIN-DEFLORENNE,

3, quai Malaquais. à Paris.

Paris. — Typ. A. PARENT rue Monsieur-le-Prince, 31.

CATALOGUE

DE

LA BIBLIOTHÈQUE

DE M. BUFF..

CONDITIONS DE LA VENTE.

Les adjudicataires payeront, en sus des adjudications, cinq centimes par franc, applicables aux frais.

Les livres vendus devront être collationnés sur place dans les vingt-quatre heures. Passé ce délai ou une fois sortis de la salle de vente, ils ne seront repris pour aucune cause.

Il y a exposition les jours de la vente, de 2 à 4 heures.

Les commissions seront reçues à la Librairie BACHELIN-DEFLORENNE, chargée de la vente.

ORDRE DES VACATIONS :

Lundi 21 octobre 1867.

Belles-lettres	nos 448 à 499	Jurisprud., Sc. et Arts.	nos 84 à 181
Théologie.	1 à 83	Supplément.	827 à 881

Mardi 22 octobre.

Histoire des Provinces.	nos 604 à 684	Poésies.	nos 362 à 421
Sciences naturelles. . .	182 à 260	Archéologie, Biograph.	712 à 771

Mercredi 23 octobre.

Histoire.	nos 500 à 603	Belles-lettres.	nos 327 à 361 et 422 à 447
Sciences et Arts. . . .	261 à 326	Bibliographie	772 à 826

Noblesse et Chevalerie. . . . nos 685 à 711

CATALOGUE
DE LIVRES
PROVENANT DU CABINET
DE M. BUFF..

THÉOLOGIE. — BEAUX-ARTS.
BELLES-LETTRES. — HISTOIRE DE FRANCE, DES PROVINCES, ETC.
ARCHÉOLOGIE. — BIBLIOGRAPHIE.

Vente publique les 21, 22 et 23 octobre 1867,
rue des Bons-Enfants, 28 (salle Sylvestre, n° 1),
à sept heures du soir;

PAR LE MINISTÈRE DE Me DELBERGUE-CORMONT, COMMISSAIRE-PRISEUR
8, rue de Provence;
ASSISTÉ DE M. BACHELIN, EXPERT.

PARIS
LIBRAIRIE BACHELIN-DEFLORENNE,
3, QUAI MALAQUAIS, 3,
AU PREMIER, PRÈS DE L'INSTITUT.

1867

CATALOGUE
DES LIVRES

PROVENANT DE LA BIBLIOTHÈQUE

DE

M. BUFF..

THÉOLOGIE.

1. La Sainte Bible, traduction nouvelle, par M. de Genoude. Edition diamant. *Paris*, 1841, in-12, rel. v. ant. fil.

2. Feydeau (Hyacinthe, le P.). Livre de Tobie, version paraphrasée avec des réflexions morales tirées des Saints Pères. 1715, beau *manuscrit* in-4, mar. n. dor. sur tr. de 189 et 212 p., d'une très-jolie écriture.

3. Bérulle. Chronologie et géographie de la Bible. In-fol., vél. de 64-60 pag.

4. Pseaumes de David, traduction nouvelle selon la Vulgate (par du Mont). *Paris*, Pierre le Petit, 1682, in-12, fig., veau.

Le privilége du roi est accordé pour cinquante années en raison des pertes que l'imprimeur a éprouvées dans l'embrâsement du collége de Montaigu.

5. Le Nouveau-Testament de nostre Seigneur Jésus-Christ, traduit en français, avec le grec et le latin de la Vulgate ajoutez à côté. *Mons*, Gaspard Migeot (Holl. Elzevir), 1773, 2 vol. in-8, veau, br.

Edition recherchée. On a ajouté à cet exemplaire une jolie figure gravée par Van Schopen, d'après Philippe de Champagne.

6. Extravagantes XX. Johânes XXII. *Paris*, Thielman Kerver, in-4, goth. à 2 col. Rare.

7. De Imitatione Christi Libri quatuor, auctore Thoma a

Kempis a autographum emendati; opera ac studio Henrici Sommalii e societate Jesu. *Venetiis*, 1745, Pezzana, in-12, v., fig. à mi-page.

Edition rare.

8. Corneille (P.). L'Imitation de Jesvs-Christ, traduite et paraphrasée en vers françois, par P. Corneille. *Paris*, R. Ballard, 1665, in-8, v. fig. de Simoneau.

9. L'Imitation de Jésus-Christ, traduite et paraphrasée en vers français, par P. Corneille. *Paris*, Gaudoin, 1751, in-12, v. m., fig. de Pocquet.

Bel exemplaire.

10. Le Livre des Pseaumes, traduction nouvelle selon l'hébreu, avec des sommaires qui en marquent l'occasion et le sujet, par Duguet et d'Asfed. *Paris*, Babuty, 1740, in-12, v., fig.

11. Les Épîtres et Évangiles pour toute l'année. *Paris*, André Pralard, 1705, 3 vol. in-12, veau br.

12. Heures imprimées par l'ordre de Mgr le cardinal de Noailles, archev. de Paris. *Paris*, Hérissant, 1765, in-12, v. dor. sur tr.

L'intérieur en très-bon état.

13. L'office de la sainte messe en françois pour tous les jours de l'année, traduit du missel romain réformé au concil de Trente (par Desplus). *Paris*, Augot, 1689, pet. in-8, m. roug. d. s. tr., fig. et front. gravé, texte encadré.

14. L'Office de Semaine sainte, en latin et en françois, à l'usage de Rome et de Paris, imprimé par ordre de Madame Marie-Adelaïde de France. *Paris*, Guill. Desprez, 1752, in-8, mar. avec compart., tr. dor. (*aux armes de Marie-Adelaïde*).

15. Office de la semaine sainte selon le missel et bréviaire romain; avec la concordance du missel et bréviaire de Paris; de la traduction de M. de Marolles. *Lyon*, Martin, 1721, in-8, mar. noir dor. s. tr., front. grav. et 4 belles fig. de Auroux, titre rouge et noir.

Rare et imprimé avec de très-beaux caractères.

16. Officium SS. Gervasii et Protasii in die et per octavam. Studio D. Caroli Francisci Talon. *Parisiis*, Boulanger, 1623; in-8, v. br. comp. tr. dor. (*Rel. en mauvais état.*)

On a joint à cet exemplaire : *In Festo SS. Martyrum Gervasii et Protasii ad Vesperas. Antiphona.* Manuscrit sur vélin de 40 ff. avec les initiales en or et en couleur.

17. Vareilles (abbé de). Office de sainte Angèle Merici, institutrice des religieuses Ursulines. *Metz*, Collignon, 1773, in-4, cart.

L'office est noté en plain-chant ; une belle gravure représentant sœur sainte Luce, 1774, gravée par J. Riart, a été ajoutée en frontispice.

18. Vaquel. Breviarium Sexti et Clementinarum. *Paris*, Jehan Petit, 1513, in-8, goth. à 2 col., capitales ornées.

Curieuse encyclopédie de droit ecclésiastique.

19. Rituel du diocèse de Lyon imprimé par l'autorité de Mgr de Montazet, archevêque de Lyon. *Lyon*, de la Roche, 1787, 2 part. in-4 de 444-404 pag., pap. vergé fort, cart. non rog., plain-chant noté.

Très-bel exemp. de ce rituel entaché de jansénisme, mais très-savant et curieux.

20. Propre des religieuses Bénédictines du prieuré de Conflans près Charenton, noté selon le nouveau bréviaire et le nouveau missel de Paris. *Paris*, Hérissant, 1758, in-8, cart. Rare.

21. Tableaux de la messe en 36 figures. *Paris*, De Hansy, 1782, in-18, M. Faure, fil. tr. dor., fig., texte encadré.

22. Explication du mystère de la passion de Notre-Seigneur Jésus-Christ, suivant la Concorde (par Duguet). *Amsterdam*, Vander Haghen, 1730, in-12, v. j.

23. Orpheus eucharisticus, sive Deus absconditus... Opus novum in varias emblematum, æneis tabulis incisorum, centurias distinctum, quæ stricta solutaque oratione explanantur. Authore P. Augustino Chesneau. *Parisiis*, Flor. Lambert, 1657, in-8, fig., veau br.

Exemplaire parfaitement conservé d'un livre rare et recherché pour les cent eaux fortes d'Albert Flamen.

24. Griffet (le P. de la C. de J.). Exercice de piété pour la communion. *Paris*, Boudet, 1752, in-12, v.

25. Histoire de l'Institution de la Fête-Dieu avec la vie des bienheureuses Julienne et Eve qui en furent les premières promulgatrices, par le R. P. Bertholet. *Liège*, 1846, gr. in-8, figures.

Exemplaire cartonné en soie verte, offert à M. l'abbé Bérault des Billiers par l'éditeur.

26. Izquierdo (Jésuite). Pratique des exercices spirituels de S. Ignace, ou retraite de huit jours pour toutes sortes de personnes, traduit de l'espagnol en françois. *Lyon*, Bruisset, 1713, in-12, v. brun.

Rare.

27. Gueranger (l'abbé de Solesmes). Défense des institutions liturgiques. *Le Mans*, 1844, in-8, br.

28. Fayet (Mgr). Examen des Institutions liturgiques de Dom Gueranger. *Paris*, 1846, in-8, br.

29. Les Confessions de saint Augustin, traduites par le R. P. de Cerisiez de la Compagnie de Jésus. *Paris*, Fr. Muguet, 1659, pet. in-12, v. j.

Jolie édition ornée d'un beau frontispice gravé par Larmesin.

30. Darolles. Morceaux choisis de saint Jean Chrysostôme, de saint Basile et de saint Grégoire de Naziance (en grec). *Toulouse*, 1836, in-12, br.

31. Vie de Messire Antoine Arnauld, docteur de la maison et société de Sorbonne. *Paris*, 1783, in-4, cart. n. rog.

Avec les pièces justificatives et la liste des écrits de ce docteur.

32. Arnauld (Ant.). De la fréquente communion. *Orléans*, Holot, 1669, 2 vol. in-12, v. m., fil.

33. La vie de la sainte mère Thérèse de Jésus, fondatrice de la réforme des Carmes et Carmélites deschaussez, traduite d'espagnol en françois (par le R. P. Fr. Cyprien). *Paris*, Coustelier, 1687, in-12, veau.

34. Boissieu (de la comp. de Jésus). La vie de la vénérable mère Jeanne Chézard de Matel, fondatrice de l'ordre du Verbe incarné. In-8, 1691, portrait de Jeanne Chézard gravé par Ogier.

Taché. Curieuse vie où J. Chézard s'entretient avec Dieu chaque jour.

35. Thions (Claude, l'abbé). La Guerre du philosophisme contre l'Evangile et la société. *Lyon*, Rusand, 1830, in-8, br.

Rare. Cet ouvrage de l'abbé Thions, protégé de M. de Lamartine, valut la disgrâce de ses supérieurs à son auteur. Il renferme plusieurs pièces de vers d'une singulière énergie.

36. Le système entier de Jansénius ou des Jansénistes renouvellé par Quesnel dans les cent une propositions extraites de son livre des réflexions morales, et condamnées par la constitution Unigenitus. 1719, in-4, v.

Bel exemplaire rare.

37. L'auteur du Moine sécularisé se rétractant et faisant amende honorable. *Cologne*, P. Martheuv, 1676, in-12, anc. rel.

38. Inchofer. La Monarchie des solipses, traduite de l'original latin, avec des remarques (par Restaut). *Amsterdam* (*Paris*), 1721, in-12, v. m., fil.

Violente satire contre les Jésuites, dont l'auteur, selon Brunet, est Jules-Clément Scoti.

39. Histoire des moines mendiants où on traite de l'origine

des moines, de leur première ferveur, de leur relâchement, de leur décadence, de leurs différentes réformes jusqu'à saint Dominique et saint François, etc. *Avignon*, 1767, in-12, br. non rog.

Ouvrage rare.

40. Haller. Lettres sur les vérités les plus importantes de la révélation. *Yverdon*, 1772, in-8, cart. n. rog.

41. Guettée (l'abbé). Histoire des Jésuites composée sur documents authentiques en partie inédits. *Paris*, 1859, 3 vol. in-8, br.

42. Guettée (l'abbé). Histoire des Jésuites composée sur documents authentiques en partie inédits. *Paris*, Huet, 1859, 3 vol. in-8, br.

Nombreuses citations bibliographiques.

43. Extraits des assertions dangereuses et pernicieuses en tous genres que les soi-disant Jésuites ont soutenues... vérifiés par le parlement, déposés au greffe de la Cour, le 5 mars 1762. *Paris*, G. Simon, 1762, in-4, v. m., fil. ou relié dans le même vol.; l'arrêt de la Cour du 6 août 1761, 44 pages; celui du 6 août 1762, 8 pages; du 3 mars 1764, 54 pages; un procès-verbal de vérification des textes.

Cet exemplaire est donc très-précieux. On trouve dans ces arrêts l'immense nomenclature des livres condamnés par la cour et toute l'histoire de la suppression de l'ordre des Jésuites.

44. Dénonciation faite à tous les évêques de l'église de France par le corps des pasteurs, des Jésuites et de leurs doctrines. *Paris*, 1727, in-4, v.

Débat des Molinistes et des Jansénistes.

45. Chardon. Nouvelle méthode pour réfuter l'établissement des églises prétendues réformées, etc. *Paris*, Osmont, 1730, in-12, v.

46. Chatel (l'abbé). Catéchisme à l'usage de l'Eglise catholique française. *Paris*, 1833, in-18, br.

Curieux et rare.

47. Crétineau-Joly. Défense de Clément XIV et réponse à l'abbé Gioberti. *Paris*, 1847, br. in-8.

48. Cattet (le chanoine). L'autorité en matière de foi, réponse au ministre Fisch. *Lyon*, Denis, 1846, in-8, c rt. non rogné.

49. La vérité sur le cardinal Fesch, ou réflexions d'un ancien vicaire général de Lyon sur l'histoire de Son Eminence, par M. l'abbé Lyonnet. *Lyon*, 1842, in-8, br. — Défense de la vérité. In-8, br.

Curieux et intéressant mémoire par l'abbé Cattet.

50. Bergier. Le Déisme réfuté par lui-même. *Paris*, Humblot, 1768, in-12, v.

51. L'Histoire des religions de tous les royaumes du monde, par Jovet, chanoine de Laon. *Paris*, Th. Girard, 1697, 3 vol. pet. in-12, front. gr., v. jaspe.

Ouvrage curieux qui mérite d'être mieux connu.

52. Bousquet. Histoire du clergé de France, depuis l'introduction du christianisme dans les Gaules jusqu'à nos jours. *Paris*, Delahays, 1853, 4 vol. in-8, br.

53. Les Mœurs des Israélites, par Fleury. *Paris*. Vᵉ Clousier, 1681, in-12, v. br.

Édition originale.

54. Fleury (l'abbé). Mœurs des Israélites et des Chrétiens. *Paris*, 1810, in-12, v. (Témoins.)

55. Gauthier. Abrégé chronologique des concils généraux et de l'histoire contemporaine. *Paris*, Plon, 1836, in-8, dem.-rel. neuve.

56. Maimbourg. Histoire de l'hérésie des iconoclastes et de la translation de l'empire aux François. *Paris*, Mabre-Cramoisy, 1674, in-4, bas., pap. vél.

Bel exemplaire de cette édition rare.

57. Un Chrétien contre six Juifs (par Voltaire). *La Haye*, 1777, in-8, br. non rog.

Ce livre est une réponse de Voltaire aux Lettres de quelques Juifs, par l'abbé Guénée.

58. Sentiments d'un chrétien touché d'un véritable amour de Dieu, tirés de divers passages de l'écriture sainte et représentés par 46 fig. en taille-douce. *Paris*, 1743, in-12, cart.

59. Sanadou (de la C. de J.). Prières et instructions chrétiennes pour bien commencer la journée, entendre la messe, etc. *Lyon*, Bruysset, 1743, pet. in-8, v.

Joli exemplaire.

60. Nolhac. Etudes sur le texte d'Isaïe. *Lyon*, Périsse, 1830-33, 3 vol. gr. in-8, br. pap. vergé.

Savant ouvrage très-bien imprimé.

61. (Nieuwentyt. L'existence de Dieu démontrée par les merveilles de la nature, en trois parties où l'on traite de la structure du corps de l'homme, des éléments, des astres et de leurs divers effets, avec des fig. en taille-douce (60 planches). *Paris*, Vincent, 1725, in-4, v. b.

Bel exemplaire dans son ancienne reliure.

62. Mabillon. Tractatus de studiis monasticis. *Venise*. 1705,

in-4 cart. non rog., suivi de: Bibliotheca ecclesiastica mabillonica, pag. 545 à 630.

63. Merault (ci-devant de l'Oratoire, grand vicaire d'Orléans). Les apologistes involontaires, ou la religion chrétienne prouvée et défendue par les objections mêmes des incrédules. *Paris*, 1820, in-8, br.

Très-bel exemplaire de cet excellent et curieux ouvrage.

64. Méliton (Cl. Pithois). L'Apocalypse de Méliton, ou révélation des mystères cénobitiques, par Méliton. *A Saint-Léger*, chez Noël et Jacques Chartier, 1662, pet. in-12, vél.

Édition qui se joint aux Elzevirs.

65. Instructions sur les principales vérités de la religion, par Mgr. l'évêque de Toul. *Toul*, Carez, 1773, pet. in-8, v. f.

Joli exemplaire.

66. Instructions pour les dimanches et les fêtes de l'année, imprimées par ordre de Mgr de Fitz-James, évêque de Soissons. *Soissons*, 1759, 2 vol. in-12, v.

67. Lamourette (l'abbé). Prônes civiques, 1 et 5. *Paris*, 1791, in-12, br.

68. Des obligations des ecclésiastiques tirées de l'écriture sainte, etc., par un docteur en théologie. *Paris*, 1699, in-12, v. jasp.

Les chapitres de la fuite des femmes, de l'intempérance, de la taverne, du jeu, des armes et des armoiries, fort curieux.

69. Maximes et libertez gallicanes. — Mémoire sur les libertez de l'Eglise gallicane. — Discours de l'abbé Fleury sur les libertez gallicanes. *La Haye*, 1755, in-12, br. non rog.

Les maximes sont de l'abbé Sepher, le mémoire est de l'abbé Mignot.

70. Œuvres spirituelles de l'abbé B... (l'âme intérieure, l'âme seule avec Dieu seul; pratiques pour visiter le Saint-Sacrement). *Lyon*, 1776, in-12, v. m. fil.

Bel exemplaire de cet ouvrage rare, écrit selon l'esprit de l'Imitation.

71. Arsenal spirituel, ou débats sérieux au XIXe siècle entre un théologien et un protestant. *Yverdun*, Fivaz, 1829, in-8, br.

72. Le Triomphe de la piété contre les abus qui s'y commettent, par E. Rouxelin. *Paris*, Nic. Pepie, 1712, in-12 mar. r. fil. tr. dor. (Anc. rel.)

Exemplaire qui a appartenu aux Jésuites de Paris.

73. Birvat (Jacques). Sermons sur les mystères de la Vierge. *Paris*. Corterot. 1669, in-8, v. f.

74. De Crousaz. Cinq sermons sur la vérité de la religion chrétienne. *Amsterdam,* 1722, in-12, v.

75. Dupin (Ellies). De antiqua ecclesiæ disciplina dissertationes historicæ. *Paris*, Seneuse. 1686, in-4, v. anc. rel.

Bel exemplaire de ce savant ouvrage.

76. Duguet (l'abbé). Traité des principes de la foi chrétienne. *Toulouse*, Dupleix, 1752, in-8, br.

Bel exemplaire, grandes marges, de ce savant traité.

77. Dinouart (l'abbé). Manuel des pasteurs, etc. *Lyon*, Duplain, 1764, 2 vol. in-12, v. m. fil.

Joli exemplaire.

78. Conduite des confesseurs dans le tribunal de la confession, imprimé par l'ordre de Mgr de Bayeux. *Paris*, 1742, in-12, v.

Rare. Bon livre.

79. Charancey (Mgr de). Instructions générales en forme de catéchisme (dit Catéchisme de Montpellier). *Toulouse*, Crozat, 1748, in-4, v. 672 p.

80. Durant (prêtre). Cantiques de l'âme dévote..., accommodés à des airs vulgaires. *Lyon*, Vialon, 1730, in-12, cart.

81. La Colombière (le P. de la C. de J.). Réflexions chrétiennes. *Lyon*, Anisson, 1702, pet. in-8, v.

82. Rendez à César ce qui appartient à César. Introduction à une nouvelle histoire philosophique des papes, ornée de gravures en taille-douce. *S. d.*, 1783, in-12, cart.

83. Summi Pontificis vera imago opposita illi, quam nuper magistri novissimi Viennæ Austriæ effixerunt. *Venetiis*, Zata, 1782, in-4, cart. non rog., grav. au front.

JURISPRUDENCE.

84. Ortolan. Histoire de la législation romaine. *Paris*, 1855, in-8 br.

85. Montesquieu. L'Esprit des loix. *Leyde*, les libraires associés, 1749, 2 tom. en 1 vol. in-4, v. m.

86. De l'Esprit des loix, par de Montesquieu, nouvelle édition. *Genève*, Barillot, 1750, 3 vol. in-12, carte, v. m.

87. D'Aguesseau. Œuvres de M. le chancelier d'Aguesseau. *Paris*, les libraires associés, 1750-1789, 13 vol. in-4, veau plein, marb. fil. très-frais.

Superbe exemplaire de cette belle édition, sortant de la bibliothèque de M. le conseiller Duguet, de Lyon. Belle reliure.

88. Charondas le Caron. Résolvtions de plvsieurs notables, célèbres et illvstres qvestions de droict, tant romain que françois, covstumes et practiques, jvgées par arrests des cours du parlement de France. *Paris*, de Moustr'œil, 1613, in-4, vel.

Livre rare et curieux non cité par Brunet ; fleurons et lettres ornées.

89. Le Mestre (Giles). Décisions notables de feu messire Giles Le Mestre, chevalier et premier président de la Cour du parlement de Paris. *Paris*, Jacques Kerver, à la Licorne, 1566, in-4, vel., marque de Kerver, lettres ornées et fleurons.

Rare.

90. Patru. Œuvres diverses de M. Patru, de l'Académie française. *Paris*, Gosselin, 1732, 2 vol. in-4, v. br.

Bel exemplaire des plaidoyers de ce célèbre avocat.

91. Vinius. Jurisprudentiæ contractæ ou partitionum juris civilis. *Lugdini*, Bruisset, 1748, in-4, v. m., suivi des traités, de Pactis et de Transactionibus.

Bel exemplaire d'un auteur savant et toujours recherché.

92. Juris canonici theoria et praxis, auth. J. Cabassutio. *Parisiis*, J. de Nally, 1703, in-4, v., gr.

93. Boutarie. Parlement de Paris (Le), sa compétence et les ressources que l'érudition trouvera dans l'inventaire de ses archives. — Préface de l'inventaire des actes du parlement de Paris. *Paris*, Plon, 1863, in-4, br.

94. Regnault. Histoire du Conseil d'État. *Paris*, Cotillon, 1853, in-8 br., portraits et nombreux fac-simile d'écriture.

95. Des Marquets. Style (nouveau) du Châtelet de Paris et de toutes les Jurisprudences du royaume tant en matière civile criminelle que de police. *Paris*, Savoye, 1771, in-4, v., m., fil.

Bel exemplaire.

96. Grün. Les États provinciaux sous Louis XIV. *Paris*, Durand, 1853, in-12 br.

97. De Gennes (avocat). Mémoire pour le sieur de la Bourdonnais, avec les pièces justificatives. *Paris*, Delaguette, 1750, in-4, v. m., fil., avec un plan de Madras en 1746.

Une note manuscrite indique que de Gennes reçut 60,000 fr. pour la composition de ces célèbres mémoires, qui contiennent 1,000 pages et ont rapport à la perte des Indes, dont Labourdonnais était gouverneur.

98. De Fréminville. La pratique universelle pour la renovation des Terriers et des droits seigneuriaux. *Paris*, Morel, 1746, 2 vol. in-4, v. fil., rare et recherché.

99. De Ferrière. Nouvelle introduction à la pratique, contenant l'explication des termes de pratique, de droit et de cou-

tumes, avec les jurisdictions de France. *Bruxelles*, 1739, 2 vol. in-8 v.

100. Févret. Traité de l'abus et du vrai sujet des appellations. *Lyon*, De Ville, 1689, in-fol., v., fil. (2 tom.), front. gravé par Auroux.

Savant ouvrage. Bel exemplaire.

101. Durand de Maillane. Dictionnaire de droit canonique et de pratique bénéficiale conféré avec les maximes et la jurisprudence de France, etc., 3e édit. *Lyon*, Duplain, 1776, 5 vol. in-4, v. m., fil.

Bel exemplaire de ce savant ouvrage.

102. Dunod. Traité des prescriptions, de l'aliénation des biens d'église et des dixmes. *Dijon*, de Foy, 1730, in-4, v. m., fil.

103. Discours qui a remporté le prix à l'Académie de Chaalons en 1783, sur cette question : Quels seroient les moyens de rendre la justice en France avec le plus de célérité et le moins de frais possibles? On a ajouté des notes. *Beauvais*, 1789, 2 parties in-4 cart., non rog., pap. vergé. 191-432 p.

Savant travail où toutes les réformes judiciaires de la révolution sont indiquées.

104. Des lois civiles relativement à la propriété des biens, traduit de l'italien par M. S. D. C. *Yverdon*, 1768, in-8, br.

Très-bel exemplaire en grand papier vergé.

105. Recueil factice de 43 arrests du conseil du roi, mémoires, precis, lettres patentes, consultations, etc., concernant la noblesse, les droits féodaux, l'administration, l'état civil, où un grand nombre de hauts personnages du Lyonnais et du Forest sont mentionnés. Un beau vol. in-4, v., fil. Bel ex., curieux recueil.

106. Recueil d'arrests du conseil, servans de règlemens pour la préséance entre les trésoriers généraux de France et les officiers des présidiaux. *Lyon*, 1687, in-4, cart.

Bel exemplaire sur papier vergé.

107. Recueil factice d'arrêts, mémoires, précis, consultations judiciaires (14) concernant un grand nombre de familles nobles du Lyonnais et du Beaujolais, avec généalogies, etc. Beau vol. in-4, v. m., fil. (1778).

Plusieurs pièces sont d'une grande rareté et toutes très-intéressantes ; l'une concerne les carrosses de Paris.

108. Joly. Plaidoyers de M. Joly en faveur des trois chanoines et des trois curés de Reims, pour être dechargez de la

sentence d'excommunication prononcée contr'eux le 17 juin 1715, au sujet de la Constitution Unigenitus, 1716. — Arrêt de la Cour qui fait défenses à tous archevêques d'introduire dans leurs diocèses l'usage des souscriptions... du 28 mai 1716. *Paris*, Muguet, 1716, 12 pag. — Lettre de Mgr l'archevêque de Reims aux cardinaux, etc. *Reims*, 1716, 15 pag. — Relation de ce qui s'est passé dans l'affaire de la censure portée le 14 janvier 1716 par la Faculté de théologie de Reims, contre neuf propositions de M. Le Roux. *Paris*, 1716, 30 pag. — Instruction pastorale de l'archevêque de Reims. *Reims*, 1717, et *decretum*, du même. — Mémoires de Fortems, prêtre, et autres contre l'archevêque. — Recueil de pièces. — Ordonnance de l'archevêque. — Mémoire de de Beyne, prêtre, et autres contre le même, vol. in-4, v. m.

Recueil précieux de pièces originales sur cette fameuse dispute.

109. Linguet. L'impôt territorial ou la dime reiale, avec tous ses avantages. *Londres*, 1787, in-8, br.

Bel exemplaire.

110. De Vouric. De l'usure et des vrais moyens de l'éviter. *Avignon*, 1687, in-12, v.

111. Théorie de l'intérêt de l'argent, tirée des principes du droit naturel, de la théologie et de la politique. *Paris*, 1780, in-12 v.

Curieux.

112. Les statvts et covtumes dv pays de Provence, commentés par Jacques Morgves. *A Aix*, David, 1658, in-4, vél.

113. D'Estaintot. Note sur les fiefs de Louviers, 1857, in-8, 11 pag.

114. Pratique des cours d'eau, etc. *Paris*, Fanjat, 1824, in-8, *non coupé*.

Bel exemplaire de ce savant ouvrage.

115. Garnier. Traité des rivières et cours d'eau, 2ᵉ édit., 1ʳᵉ partie. *Paris*, 1825, in-8, br.

116. Gilbert de Voisins. Procédure contre l'institut et les constitutions des Jésuites. *Paris*, 1823, in-8, d.-rel.

117. Procès de *la Glaneuse*, avec les plaidoyers de Dupont, Perrier et Charassin. *Lyon*, 1833, in-8, cart., n. rog.

Rare.

118. Taillandier. Essai sur les causes indivisibles. *Paris*, Cotillon, 1850, in-8, br., tom. 1ᵉʳ, Droit romain, seule partie parue; rare.

119. Code de justice militaire pour l'armée de terre, expli-

qué par l'exposé des motifs, le rapport et la discussion au Corps législatif, par Louis Tripier, avocat. *Paris*, 1857, in-8, dem.-rel., v. f., non rog.

120. Projet d'une loi portant défense d'apprendre à lire aux femmes (par Sylvain Maréchal). *Paris*, Massé, 1801, in-8, dem.-rel., dos et coins de mar. bl., non rogn.

Édition originale de cette facétie spirituelle.

121. Code militaire, ou Compilation des ordonnances, des lois de France concernant les gens de guerre, par de Briquet. *Paris*, 1735, 4 vol. in-12, veau j.

122. La Justice militaire de l'infanterie, contenant l'ordre des conseils de guerre, etc., ensemble un Traité des funérailles et sépultures militaires, et un autre des testaments des gens de guerre, par Laurens de Ville. *Paris*, Ch. Osmont, 1672, in-12, veau.

Volume rare qui se rencontre difficilement.

123. Traité de la séduction considérée dans l'ordre judiciaire, par Fournel. *Paris*, 1781, in-12, veau m.

Complément du *Traité de l'adultère* du même auteur. Il contient, comme celui-ci, des choses extrêmement curieuses qu'on ne trouve pas ailleurs.

124. Traité de la dissolution du mariage par impuissance et froideur de l'homme ou de la femme (par Kottmann); seconde édition revue et augmentée. *Paris*, Mamert-Patisson, 1595, pet. in-8, veau marbré.

Volume curieux et rare.

125. Traité philosophique, théologique et politique de la loi du divorce, par S. A. S. Mgr Louis-Philippe-Joseph duc d'Orléans, où l'on traite la question du célibat des deux sexes, et des causes morales de l'adultère. *S. l.* (*Paris*) 1789, in-8, dem.-rel.

Exemplaire avec un *ex dono autoris*. Ouvrage bien écrit, dont le véritable auteur est H.-J. Hubert de Matigny, jurisconsulte d'un certain mérite.

126. Du Divorce considéré au XIXe siècle relativement à l'état domestique et à l'état public de société, par de Bonald. *Paris*, 1801, in-8 br., n. rog.

126 *bis*. Discours sur l'impuissance de l'homme et de la femme, auquel est déclare que c'est qu'impuissance empêchant et séparant le mariage. Comment elle se cognoist, par Vincent Tagereau, Angevin. *Paris*, Ve Jean du Brayer et Nic. Rousset, 1612, in-8, vél.

Édition rare.

127. Peyré. Loi gombette traduite pour la première fois. *Lyon*, 1855, in-8, br.

128. Tables alphabétiques du *Bulletin des lois* depuis le 5 mai 1789 jusqu'à 1854. 9 vol. in-8, brochés non coupés.

Collection complète et indispensable pour faire des recherches dans le Bulletin des lois.

SCIENCES ET ARTS.

PHILOSOPHIE. — MORALE. — POLITIQUE.

129. Lucien. Les œuvres de Lucian de Samosate, avthevr grec, de nouveau traduites en françois et illustrées d'annotations et de maximes politiques en marge par I. B. (Jean Boudoin). *Paris*, Richer, 1613; in-4, v. f. front. gravé, reliure ancienne. Non cité par Brunet.

130. Montaigne. Essais de Michel, seigneur de Montaigne, avec des notes et une table par Coste. *Londres*, J. Nours, 1739, 6 vol. in-12, v., portrait de Montaigne. Discours de la Boetie.

131. Labruyère. Les Caractères de Théophraste, avec les Caractères ou les mœurs de ce siècle par M. de Labruyère, augmenté de la défense de M. de Labruyère et de ses Caractères, par M. Coste. *Amsterdam*, Changuion, 1741, 2 vol. in-12, v. m. fil.

Bel exemplaire.

132. Les Pensées, maximes et réflexions morales de M. le duc *** (La Rochefoucauld), édition augmentée de remarques critiques, morales et historiques par l'abbé de la Roche. *Paris*, Ganeau, 1765, pet. in-12, v. m.

133. De la recherche de la vérité, où l'on traite de la nature de l'esprit de l'homme, etc. (par Mallebranche), 3me édition. *Paris*, André Pralard, 1678, 3 vol. in-12, v. j.

134. Maximes et réflexions sur différents sujets de morale et de politique, par M. de Levis. *Paris*, de l'imprimerie de P. Didot l'aîné, 1810, in-18, cart., non rog.

135. Bouillier. Théorie de Kant sur la religion dans les limites de la raison. *Lyon*, Savy, 1842, in-12, broché.

136. Analyse de la philosophie du chancelier français Bacon avec sa vie. *Leyde*, Libraires associés, 1756, 2 vol. in-12, cart.

Bel exemplaire de cet ouvrage intéressant et peu commun. La vie du célèbre chancelier et son éloge occupent 246 pages.

137. Abbadie. L'art de connaître soi-même ou la recherche des sources de la morale. *La Haye*, Neaulme, 1760, in-12, v. m. fil., bel exemp.

137 *bis*. La logique ou l'art de penser. *Paris*, Guillaume, an VI, in-12, v. marb. fil.

Joli exemplaire.

138. Hermias. Hermiæ irrisio gentilium philosophorum, edidit Meuzel. *Lugd. Batav*, 1840, in-8, d. rel. m. r., non coupé.

139. Philosophiæ Pars tertiæ ethicæ. *Lugduni*, 1735, in-4, v. (manuscrit, fig.).

140. Lamy. Explication mechanique et physique des fonctions de l'ame sensitive, ou des sens, des passions et du mouvement volontaire. *Paris*, Roulland, 1681, in-12, planches, v. m. fil., bel exemp.

141. Philosophie du bonheur, par l'auteur de la Philosophie de la nature. *Paris*, 1796, 2 tom. en 1 vol. in-8, cart., fig.

142. Théologie morale de saint Thomas. *Manuscrit*, petit in-4, 280 p., m. rouge avec 6 belles gravures anciennes.

143. Pascal. Les Provinciales. *Paris*, Didot, 1854, in-12, br., portrait gravé.

144. Sénault. De l'usage des passions. *Paris*, Journel, 1660, in-12, v. fil., anc. rel., front. gravé.

Édition rare.

145. Dufour. Examen critique du système métaphysique cartésien. *Mâcon*, 1850, in-8 br.

146. Deschamps. Le Sémitisme, ou les idées d'un professeur d'hébreu au collége de France (M. Renan). *Paris*, 1863, br. in-8.

147. Debonnaire (le père Yard). Les leçons de la sagesse sur les défauts des hommes. *Paris*, Brinsson, 3 p. en 3 vol. in-12, v. m.

Non cité au Manuel.

148. Fénelon. Direction pour la conscience d'un roi, composée pour l'instruction du duc de Bourgogne. *La Haye*, 1748, in-12, v. m. fil., faite sur l'édit. orig. de 1734, in-4. — Dans le même vol. Recueil des vertus de Louis de France, duc de Bourgogne, par le P. Martineau, jésuite, son confesseur. *Paris*, 1712, frontisp. gr. par Simoneau. Bel exemp.

149. Duguet (l'abbé). Institution d'un prince. *Londres*, Nourse, 1750, in-4, v. m.

150. Fénelon. Nouveaux dialogue des morts. *Bouillon*, 1775, in-12, v. m. fil. Bel exemp.

151. Bouhours. Les entretiens d'Ariste et d'Eugène où

les mots des devises sont expliqués. *Paris*, Desprez, 1768, in-12, v. m. fil. Joli exemp.

152. Bouhours (le P.). Pensées ingénieuses des anciens et des modernes. *Lyon*, Lyons, 1693, pet. in-12, v.

153. Sainct-Agran. Les entretiens cvrievx d'Hermadore et du voyagevr inconnu. *Lyon*, Pillehotte, 1634, in-4, vél. front. gravé par Claude Audran.

Rare et curieux. La 2e partie renferme des pièces de vers sur l'art d'aimer.

154. La Petite encyclopédie, ou Dictionnaire des philosophes, ouvrage posthume d'un de ces messieurs. *Anvers*, J. Gasbock, 1772, in-12, v. m.

155. Emile, par J.-J. Rousseau. *Amsterdam*, Mich. Rey, 1777, 4 vol. in-12, fig. br. en cart. n. rog.

156. Le Philosophe ignorant, avec un avis au public sur les parricides imputés aux Calas et aux Sirven (par Voltaire). *S. l.*, 1766, in-8, v. éc. fil.

Édition originale.

157. Lettre de M... à un curé de ses amis contre l'incrédulité de ceux qui nient la possession de nos jours. *S. l. n. d.*, in-8, br. de 11 p.

Pièce curieuse de toute rareté.

158. Essais de M. B. Mérigon. *Paris*, 1809, in-8, br.

Les principaux chapitres de ce livre traitent de l'homme, des passions, des rois, de la guerre, de l'amitié, de la beauté, de l'amour, des femmes, de la mode, etc.

159. Traité de la jalousie, ou moyens d'entretenir la paix dans le ménage (par Courtin). *Amsterdam*, Est. Roger, 1712, pet. in-12, front. gr., mar. rouge, comp. tr. dor.

160. Discours philosophiques, tirés des livres saints, avec des odes chrétiennes et philosophiques (par Le Franc de Pompignan). *Paris*, Saillaut et Nyon, 1772, in-12, br. non rog.

161. Traité de l'amitié (par de Sacy). *Paris*, 1722, in-12, v. mar.

162. Servitude et grandeur militaires, par Alfred de Vigny, de l'Académie française. *Paris*, 1857, in-8, dem.-rel. toile.

163. Traité du vrai mérite de l'homme, par Le Maître de Claville. *Amsterdam*, 1765, 2 tom. en 1 vol. in-12, bas.

La plus belle partie de ce livre qui eut autrefois un grand succès.

164. Essai sur les préjugés, ou de l'influence des opinions sur les mœurs et sur le bonheur des hommes, par Dumarsais. *Paris*, 1822, in-18, cart. non rog.

165. Des Compensations dans les destinées humaines, par H. Azaïs. *Paris*, 1818, 3 vol. in-8, fig., cart. à la Bradel.

166. Recueil nécessaire avec l'évangile de la raison. *Londres*, 1776, in-8, dem.-rel.

Parmi les diverses pièces qui composent ce recueil antireligieux se trouve le Testament de Jean Meslier.

167. Essais de philosophie, par Charles de Rémusat. *Paris*, Ladrange, 1842, 2 vol. in-8, br.

Épuisé et peu commun.

168. Réflexions critiques sur le livre intitulé : Les Mœurs, avec une critique à la fin et des reflexions en forme d'analyse sur les deux ouvrages. *Amsterdam*, 1751, in-12, cart. n. rog.

169. Lettres écrites de la plaine, en réponse à celles de la montagne, ou défense des miracles contre la philosophie de Neufchâtel. *Lyon*, Faucheux, 1766, in-12, br.

170. Les Crimes de la philosophie. *Paris*, 1804, in-8, v. br. Rare.

171. Lettres du cardinal de Richelieu, où l'on voit la fine politique et le secret de ses plus grandes négociations. *A Cologne*, chez ***, 1695, in-12, v. f., portr. de Richelieu.

Volume rare.

172. Du Gouvernement civil, par Locke, trad. de l'anglais par L. C. D. R. D. (Mazel). *Amsterdam*, 1780, in-12, br. non rog.

173. Passaglia. Pour la cause italienne, aux évêques catholiques, apologie. *Paris*, 1861, in-8, br.

174. L'Oracle des nouveaux philosophes, pour servir de suite et d'éclaircissement aux Œuvres de M. de Voltaire. *Berne*, 1759, in-12, v.

Critique virulente de la philosophie de Voltaire et consorts.

175. Hollant. Réflexions philosophiques sur le système de la nature. *Paris*, Valade, 1773, in-12, v.

176. Un Éclair avant la foudre, ou le communisme et ses causes. *Avignon*, 1848, in-8, br. Ire partie.

177. Théorie des sentiments agréables. *Paris*, David, 1749, in-12, v. m. fil. fig. et fleurons. Bel exempl.

178. Monopole universitaire (le), destructeur de la religion et des lois, ou la charte et la liberté de l'enseignement. *Lyon*, librairie chrétienne, 1843, in-12, dem.-rel.

Violente satire contre l'Université et ses écrivains.

179. Le Ministre de l'instruction publique aux prises avec

la liberté de l'enseignement. *Lyon*, Dumoulin, 1844, in-8, dem.-rel. mar. vert, avec coins.

180. Karr (Alph.). Les Guêpes. 26 vol. in-18 br., savoir : Deuxième année, février 1841, 4e, 5e, 6e, 7e, 8e, 9e, 10e, 11e, 12e livraisons; 3e année, novembre 1841-novembre 1842, 1re, 2e, 3e, 4e, 5e, 6e 7e 9e, 12e livraisons; quatrième année, nov. 1842-nov. 1843, 1re, 2e, 3e, 4e, 7e, 10e, 12e; première année, 3e liv. janv. 1840; cinquième année, mars 1844, 5e livr.

181. De la Prostitution en Europe, depuis l'antiquité jusqu'à la fin du XVIe siècle, par M. Rabutaux. *Paris*, 1865, in-8, br. Fig.

SCIENCES NATURELLES.

PHYSIQUE. — CHIMIE. — MÉDECINE. — SCIENCES OCCULTES, ETC.

182. Vigenère (Blaise de). Traicté dv fev et dv sel. *Paris*, l'Angelier, 1622, in-4, v. f., belle marque gravée.

Curieux et rare. Bel exemplaire.

183. De Mairan. Dissertation sur la glace. *Paris*, Impr. royale, 1749, in-12, v. m., fil., pl. Bel exemplaire.

184. Laurent. Précis de cristallographie, avec 175 fig. dans le texte. *Paris*, 1847, in-12, br.

185. Haüy. Exposition raisonnée de la théorie de l'électricité et du magnétisme. *Paris*, Desaint, 1787, in-8, br., pl. Taches de rousseur.

Rare. Édition originale.

186. Breguet. Manuel de la télégraphie électrique. *Paris*, 1853, in-12, br., jolies gravures sur bois.

187. Dorville. Monographie de la pile électrique. 1857, in-8, br., fig. dans le texte.

188. Bigot de Morogues. Mémoire historique et physique sur la chute des pierres tombées sur la surface de la terre à diverses époques. *Orléans*, Jacob, 1812, in-8, cart. n. rog.

Rare et curieux mémoire.

189. Lemnius. Præciosa ac nobilissima artis chemiæ collectanea de occultissimo ac præciosissimo philosophorum lapide. *Nurimberg*, G. Hayn, 1554, in-4, fig. sur bois.

Quelques taches. Très-rare; inconnu à Brunet, qui ne cite de cet auteur que : *Pretiosa Margarita*.... 8°. Venetis, 1546.

190. Chymie expérimentale et raisonnée, par Baumé. *Paris*, Didot, 1773, 3 vol. in-8, m. v., portrait et fig.

191. Graham. Traité de chimie organique. *Paris*, 1843, in-8, br., fig.

192. Gerhardt et Chancel. Précis d'analyse chimique qualitative. *Paris*, Masson, 1855, in-12, br., 48 fig. dans le texte.

193. Béguin. Les Éléments de chimie. *Lyon*, Rigaud, 1658, in-8, vélin, grav. sur bois; jolis vign. au front. Rare.

194. Guettard. Mémoires sur différentes parties des sciences et arts. *Paris*, Prault, 1768-70, 3 vol. in-4, v. m., fil., plus de 80 pl. d'histoire naturelle très-bien gravées sur cuivre par J. Robert.

Très-bel exemplaire des savants mémoires de cet académicien.

195. Morond (Joseph). Histoire philosophique des sciences et de la civilisation (ancienne), 1re partie. *Paris*, 1838, in-8, d.-r.

196. Etudes de la nature, par Bernardin de Saint-Pierre. *Paris*, de l'imprimerie de Didot jeune, 1792, 5 vol. in-12, fig., veau rac., dent.

197. Pline. Histoire des animaux, traduite par Guéroult. *Paris*, Lefèvre, 1845, in-12, br.

198. Nouveau traité des serins de canarie, contenant la manière de les élever, les apparier pour en avoir de belles races, etc., par Hervieux. *Paris*, Prudhomme, 1713, in-12, fig., v. br.

Ouvrage curieux et recherché.

199. Feuillée. (Le P. Lumé, religieux minime.) Journal des observations physiques, mathématiques et botaniques faites par ordre du roi sur les côtes orientales de l'Amérique méridionale, etc.; à la suite : Histoire des plantes médicinales qui sont le plus en usage au Pérou, Chili, etc., avec 53 planches gravées. *Paris*, Mariette, 1725, in-4, v. m., fil.

Bel exemplaire de cet ouvrage estimé.

200. Boitard. Le Jardin des Plantes, description et mœurs des mammifères, de la ménagerie et du muséum d'histoire naturelle, précédé d'une introduction historique, par J. Janin. *Paris*, Dubochet, 1842, gr. in-8, d.-rel., m. vert, ornements au dos, fig. dans le texte et planches, les oiseaux finement coloriés.

201. Le Jardinier royal, qui enseigne la manière de planter, de cultiver et dresser toutes sortes d'arbres, etc. (par l'abbé Gobelin). *Paris*, Ch. de Sercy, 1661, pet. in-12, vél.

Petit livre rare qui peut rivaliser comme impression avec celles des Elzevirs. Exemplaire bien conservé.

202. La Théorie du jardinage, par l'abbé Roger Schabel,

ouvrage rédigé après sa mort sur ses mémoires, par M. D*** (Dargenville). *Paris*, Debure, 1774, in-12, portr. et fig., veau marbré. Ouvrage estimé.

203. Theophrasti. Libellus de adoribus ab Adriano Turnebe latinitate donatus, et scholiis atque annotationibus illustratus. *Lutetiæ*, Vascosan, 1556, in-4, cart., suivi du texte grec. Rare.

204. Alleon-Dulac. Mémoires pour servir à l'histoire naturelle des provinces du Lyonnois, Forez et Beaujolois. *Lyon*, Cizeron, 1765, 2 vol. pet. in-8, v. f., planches.

205. Jars. Voyages métallurgiques ou recherches et observations sur les mines et forges de fer, la fabrication de l'acier, celle du fer-blanc et plusieurs mines de charbon de terre, faites depuis l'année 1757 jusques et compris 1769 en Allemagne, Suède, Norvége, Angleterre et Ecosse. *Lyon*, Regnault, 1774, in-4, v. m., fil., planches gravées (10).

Ouvrage très-estimé contenant 16 mémoires de cet académicien. Brunet ne cite que l'édition de Paris.

206. Traité d'astronomie, par John F.-W. Herschell, traduit de l'anglais par Augustin Cournot. *Paris*, Paulin, 1834, in-12, fig., cart. non rog.

Excellent ouvrage épuisé depuis longtemps et devenu peu commun.

207. Abrégé d'astronomie, par M. de La Lande. *Paris*, Desaint, 1784, in-8, fig., v. mar.

208. De l'homme et de la femme dans l'état du mariage (par de Lignac). *Lille*, J. Henry, 1772, 2 vol. in-12, fig., bas.

Première édition d'un ouvrage ayant beaucoup d'analogie avec celui de Venette.

209. De l'homme et de la femme considérés physiquement dans l'état du mariage, par M. de Lignac. *Lille*, 1773, 3 vol. in-12, br. n. rog., figures.

211. Sever. Pinœus, de virginitatis notis, graviditate et partu; Lud. Bonaciolus, de conformatione fœtus. *Lugduni-Batavorum*, apud Franciscos Hegerum et Hackium, 1639, pet. in-12, titre gravé, fig., vél.

212. Traité de la génération et de la nourriture du fœtus, par Daniel Taury. *Paris*, 1700, in-12, veau j.

Ouvrage curieux et peu commun.

213. Mondat. De la stérilité de l'homme et de la femme et des moyens d'y remédier. *Paris*, Migneret, 1823, in-8, cart. n. rog., planches.

214. Johnson. Lucina sine concubitu. *Paris*, Henry, 1865, in-16, br., papier vergé.

215. Nouvel essai sur la Mégalantropogénésie, ou l'art de faire des enfants d'esprit qui deviennent des grands hommes, par Robert, seconde édition. *Paris*, 1803, 2 vol. in-8, broch. non rogn.

Exemplaire bien complet de ce livre curieux, avec le *contraste des journalistes sur la première édition*, morceau de 32 pages qui manque souvent.

216. Réflexions sur les affections vaporeuses des deux sexes. *Paris*, Vincent, 1768, in-12, v. fil.

217. Barrier. Considérations sur les caractères de la vie dans l'enfance. *Lyon*, 1842, br. in-8.

218. Huarte. Examen des esprits pour les sciences. *Lyon*, Blanc, 1668, in-12, cart.

Traduction de Dalibray, la meilleure de cet ouvrage où l'on trouve l'origine de la phrénologie et de la physiognomonie, et une théorie singulière de la génération.

219. Hippocrate. Perspiratio dicta hippocrati per universum corpus anatomiæ illustrata auctore Abrahamo Kaan M. D. cui accedit ejusdem declamatio academica, de gaudiis alchemistarum. *Lugduni-Batavorum*, Luchtmans, 1738, in-12, v. m., fil.

220. Riverius. Praxis medica cum Theoria. *Lugduni*, Huguetan, 1674, in-8, v., portrait (à la sphère).

Le tome Ier seulement, mais complet, avec un Index. Bel exemplaire intérieurement.

221. Ferrerius. Auditum visu præstare, contra vulgatum Aristotelis placitum academica dissertatio. *Parisiis*, Vascosan, 1539, gr. in-8, cart. n. rog. Rare.

222. Mesva. Canones universales de consolatione medicinarum. Medicinarum particularium additio p. Apponi. Antidotarium Nicolai. Summula Jacobi. *Lugd.*, Dury, 1531, pet. in-8, gothiq., dem.-rel.

Livre rare.

223. Le cours de médecine en françois, contenant le miroir de beauté et santé corporelle, par Louis Guyon Dolois. *Lyon*, Huguetan, 1671, 2 tom. en un vol. in-4, fig., v. br.

Ce livre contient un grand nombre de recettes ridicules et de détails curieux qui prouvent que la médecine du XVIIe siècle était encore bien arriérée.

224. Livre de medecine quy traicte de l'adomatique galianique, hypocratique, hérémetique ou espagirique, et de l'astralle que toutes trois traictent de la connaissance des maladies quy sont continuelle guerre à la nature humaine. *Paris*, 1682, *manuscrit* pet. in-8, v. b. de 342 pages.

Curieux et singulier.

225. Le Cat. Traité de l'existence, de la nature et des pro-

priétés du fluide des nerfs, suivi des dissertations sur la sensibilité des méninges, etc. *Berlin*, 1765, in-8, v. br., planches, titre rouge et noir.

Ouvrage curieux.

226. Fabricius. Opera chirurgica. *Patavii*, 1666, in-fol., cart. ébarbé, 9 planches d'instruments, gravées par G. Georgi.

227. Dionis. Cours d'opérations de chirurgie, démontrées au jardin royal. *Paris*, d'Houry, 1751, in-8 v., 70 fig. sur bois en taille-douce, avec un beau portrait de Dionis.

Savant ouvrage.

228. Chaulieu. La grande chirurgie de M. Guy de Chauliac, médecin. *Lyon*, Rigavd, 1641, in-8, v. f., fig. sur bois.

Peu commun. Quelques taches d'eau.

229. Belloste. Le chirurgien d'hôpital enseignant la manière douce et facile de guérir toutes sortes de playes, augmenté d'une pharmacie chirurgicale et d'une dissertation sur la rage. *Paris*, d'Houry, 1734, in-12, mar. r., fil. d. s. tr., armoiries.

230. Colot. Traité de l'opération de la taille avec des observations sur la formation de la pierre et les suppressions d'urine. *Paris*, Vincent, 1727, in-12, v. b., fil., planches.

231. De Horne. Exposition raisonnée des différentes méthodes d'administrer le mercure dans les maladies vénériennes, précédée de l'examen des préservatifs. *Paris*, Monory, 1775, in-8, v.

Très-bel exemplaire intérieurement.

232. Portal. Observations sur la nature et sur le traitement du rachitisme. *Paris*, Merlin, 1797, in-8, v.

234. Méad. Opera omnia continens de venenis, de peste, de variolis, de imperio solis et Lunæ, dissertatio de nummis, etc. *Paris*, Cavelier, 1758, 2 vol. in-8, v., planches et médailles.

Livre singulier.

235. Charus. Nouvelles expériences sur la vipère et les remèdes que l'on peut tirer de cet animal. *Paris*, 1672, in-8, v., front. gravé et planches.

Rare et curieux.

236. Pharmacopée royale, galénique et chimique. *Paris*, 1676, in-4, cart., front. gravé, 6 pl., manque le titre.

237. Pharmacopæa spagirica tertia parte aucta Petro Poterio, andegaventi regis christianis s. consiliario et medico autore; tertia editio. *Bononiæ*, 1635, de Monte et Zener, in-4, v. b. ancienne reliure, portrait de Poterius.

Exemplaire d'une parfaite conservation.

238. Renodaeus ((Joannis). Institutionum pharmaceuticarum de materia medica, pharmacopeans restitutam, par Quercetanus (Duchesne Joseph). Reipub. Moeno Francofurt. Archiatrum. *Hanoviæ*, David Aubri, 1631, in-4, vel., beau front. gravé.

Bel exemplaire.

239. Pharmacopée royale, galénique et chimique, par Moyse Charas. *Paris*, 1691, 2 tom. en 1 vol. in-4, front. grav., portrait et fig., v. br.

240. Pharmacopée universelle raisonnée, par Quincy; trad. de l'anglais par Clausier. *Paris*, 1749, 3 part. en 1 vol. in-4, v. j.

241. Amusements des eaux de Schwalbach, des bains de Wiesbaden et de Schlangenbad, avec deux relations curieuses: l'une de la nouvelle Jérusalem et l'autre d'une partie de la Tartarie, avec des fig. en taille-douce (cartes). *Liége*, Kints, 1738, in-12, cart. n. rog.

242. Thiers. Traité des superstitions. *Paris*, 1741, 2 vol. in-12, v. Rare.

243. De Cauz. De cultibus magicis eorumque perpetuo ad ecclesiam et rempublicam habitu, libri duo. *Vindebonæ* de Trattnern, 1767, in-4, cart. n. rog.

Curieux traité des sciences occultes.

244. Psellus. De operatione duemonum dialogus. *Paris*, 1615, in-12, dem.-rel., ébarbé.

Le texte grec et latin de ce livre rare et curieux est très-bien imprimé, avec des fleurons et des lettres ornées.

245. Mallei. Maleficarum tractatus aliquot tam veterum, quam recentiorum in unum corpus coacervati. *Lyon*, Landry, 1610, pet. in-8, cart., titre rouge et noir (tom. second).

Livre singulier sur les sorciers et les doctrines de Gerson, Basin, Murner, Spina.

246. Figuier. L'alchimie et les alchimistes. *Paris*, 1854, in-12, dem.-rel.

247. Lulle (Raimond). Raimundi Lulli maioricani philosophi sui temporis doctissimi, libelli aliquot chemici. Basilere Waldkirchii, anno 1600, pet. in-8, vel. fig.

Curieux et rare. On y trouve des choses étonnantes sur la transmutation des métaux et la médecine secrète.

248. Cardan. Hieron Cardani proxeneta, seu de prudentia civili. *Genevæ*, 1630, in-18, dem.-rel.

Quelques taches d'eau.

249. Kaleph Ben Nathan. La philosophie divine appliquée aux lumières naturelle, magique, astrale, surnaturelle et divine. *S. L.*, 1793, 3 vol. in-8, dem.-rel.

Livre singulier et plein d'érudition.

250. Manifeste spirite par l'écriture inconsciente, etc. *Lyon*, 1860, 3 part. in-8, br. (Complet.)

251. Taxil. L'astrologie et la physiognomie en levr splandevr. *Tournon*, Raynaud, 1614, in-8, vel. front., gravé par Brif. fig.

Rare et curieux, inconnu à Brunet.

252. Jacob (bibliophile). L'anévrocritée, ou l'art d'expliquer les songes. *Paris*, 1859, in-32 br.

253. La cartomancie ancienne et nouvelle d'après Eteilla, etc. *Paris*, 1847, form. agenda, nombreuses gravures.

254. De Villars (l'abbé). Le comte de Gabalis. *Paris*, Barbin, 1671, in-12 v.

255. Swedenborg. Les délices de la sagesse sur l'amour conjugal, à la suite sont placées les voluptés de la folie sur l'amour scortatoire, traduit du latin par Le Buys. *Saint-Amand*, 1855, 2 vol. in-8, br.

Livre singulier qui contient la doctrine des spirites de nos jours.

256. Du Ciel et de ses merveilles et de l'Enfer, d'après ce qui a été vu et entendu, traduit du latin par Moet. *Bruxelles*, 1819, in-8, br.

257. Bersot. Mesmer et le magnétisme animal. *Paris*, 1854, in-12, br.

258. Delaage. La morale occulte ou mystères du magnétisme. Dentu, in-12, br.

259. Doutes d'un provincial, proposés à MM. les médecins-commissaires chargés par le roi de l'examen du magnétisme animal. — Observations sur les deux rapports de MM. les commissaires, nommés par sa majesté pour l'examen du magnétisme animal, par d'Eslon. *S. l.*, 1784, in-8, cart. n. rog.

Curieuses brochures sur la doctrine de Mesmer.

260. Thouret. Recherches et doutes sur le magnétisme animal. *Paris*, Prault, 1784, in-12, v. fil.

Savant mémoire contre Mesmer.

MATHÉMATIQUES.

261. Montucla. Histoire des mathématiques. *Paris*, Jombert, 1758, 2 vol. in-4, v. fil., planches.

1re édition de ce savant ouvrage.

262. Joannis Regiomontani. Scripta Clarissimi mathematici electroque, astrolabio, armillari, etc. — Item; observationes motuum solis ac stellarum. — Item. Libellus, M. G. Purbachii, de quadrato geometrico. *Norimbergæ*, 1544, in-4, vel., dans le même vol. Autolyci. De Sphera. Et Theodosii, de habitationibus. *Romæ*, 1587.

Nombreuses figures sur bois. Ces trois ouvrages sont très-rares. Bel exemplaire.

263. Grolier. Recueil d'ouvrages curieux de mathématique et de mécanique, ou description du cabinet de M. Grolier de Servière, avec des figures en taille douce (88 planches). *Lyon*, Forey, 1719, in-4, anc. rel.

Bel exemplaire de cet ouvrage rare. Les figures sont gravées par Daudet. Armes du régent duc d'Orléans.

264. Luders. Traicté mathématiqvue contenant les definitions d'Euclide, l'arithmétique, la trigonométrie, la longimétrie, la planimétrie, la stereométrie, la fortification, la perspective militaire et la géographie. *Paris*, l'auteur, 1664, in-fol. cart.

Bel et rare ouvrage, entièrement gravé, contenant un très-grand nombre de figures gravées, sur papier fort. La fortification, amplement traitée, contient des planches très-belles.

265. Instruction abrégée sur les mesures déduites de la grandeur de la terre... par la commission temporaire des poids et mesures republicaines. *Bourg*. Bottier, an II, in-8 br. Tables et planche.

Bel exemplaire.

266. Bobynet (de la comp. de Jésus). L'horographie ingénieuse, contenant des connaissances et des curiositez agréables dans la composition des cadrans. *Paris*, Ve Langlois, 1647, pet. in-8. vel. planches.

267. Dom pierre de Sainte-Marie-Madeleine. Traité d'horlogiographie. etc. *Paris*, Dezallier, 1680, pet. in-8, v. b. fil. 72 planches. Quelques taches.

Rare et curieux.

268. Ozanam. Méthode générale pour tracer des cadrans sur toutes sortes de plans. *Paris*, Michallet, 1685, in-12, v. m. fil. planches.

Bel exemplaire. Rare.

269. Nicéron. La perspective curieuse avec l'optique et la catoptrique du R. P. Mersenne. *Paris*, Langlois, 1652, in-fol., cart., planches, gravures sur bois et beau portrait du père Nicéron.

270. Le même.

271. Boissière. Élémens de geométrie de Monseigneur le duc de Bourgogne. *Paris*, Boudot, 1705, in-4, v. f. fil., fig. dans le texte.

Rare et curieux.

272. Dergaux. Reflexions sur l'organisation végétale et animale, la transformation des matières... et un nouveau système sur la marche des astres. *Vienne*, Timon, 1846, in-8, cart. n. rog., planches.

273. Dergaux. Nouveau système sur la marche des astres. *Vienne* (Isère). Timon, 1846, in-8, 15 p. avec une grande planche, cart. non rog.

Curieux et singulier. Rare.

274. Chevalier. Catalogue, prix et fig. d'instruments de mathématiques. 2 br. in-8.

275. Dicquemare (l'abbé). La connaissance de l'astronomie enrichie de 26 planches en taille-douce. *Paris*, Lottin, 1771, in-8, v. fil.

276. Bossut et Viallet. Recherches sur la construction la plus avantageuse des Digues. *Paris*, Jombert, 1764, in-4, cart. n. rog., 7 belles planches.

277. Deidier. Le parfait ingénieur françois ou la fortification offensive et défensive contenant la construction, l'attaque et la défense des places selon les méthodes de M. de Vauban et des plus habiles auteurs de l'Europe, les siége de Lille et de Namur, enrichie de plus de 50 planches, fleurons et frontispice gravés. *Paris*, Jombert, 1757, in-4, v. m.

Bel exemplaire.

278. Du Fay. Manière de fortifier selon la méthode de Vauban. *Paris*, Coignard, 1708, in-12, v. fig.

279. De Gaudy. Instruction aux officiers pour construire toutes sortes d'ouvrages de campagne, avec 39 planches gravées. *La Haye*, 1768, in-12, v. rac. fil.

280. Instructions militaires. *Paris*, Briasson, 1753, in-8, fig. v. marb. — Mémoire contenant des observations desquelles on peut déduire une théorie de manœuvres. *Metz*, *s. d.*, fig. br.

281. Mémoires sur l'art de la guerre de Maurice, comte de

Saxe ; édition augmentée du Traité des légions ainsi que de quelques lettres de cet illustre capitaine sur ses opérations militaires. *Dresde*, Conrad Walther, 1767, in-8, fig. et plans, broch. non rog.

282. Réflexions militaires, par M. de Boussanelle. *Paris*, Duchesne, 1764, in-12, fig. et plan, br. non rog.

Ouvrage intéressant même pour les personnes étrangères au métier des armes.

283. Manuel de cavalerie, à l'usage des cavaliers, brigadiers et sous-officiers en temps de paix et en temps de guerre (par Chatelain). *Paris*, de l'imprimerie de Didot jeune, 1817, in-8, br.

Envoi autographe de l'auteur.

284. Mémoires sur l'organisation de la cavalerie et sur l'administration des corps, par le lieutenant-général Préval. *Paris*, 1816, in-8, dem.-rel., mar. r.

ARTS ET MÉTIERS. — BEAUX-ARTS.

285. De Vallemont (l'abbé). Curiositez de la nature et de l'art sur la végétation, ou l'agriculture et le jardinage. *Paris*, Pellier, 1705, in-12, dem.-rel. pl. et front. gravé.

286. La Quintinye (de). Instruction pour les jardins fruitiers et potagers, avec un traité des orangers et des réflexions sur l'agriculture. *Paris*, Clousier, 1739, 2 vol. in-4, v. m. fil. Nombreuses planches dans le texte et 8 médaillons à mi-page, gravés par Papillon et Scotin.

Savant ouvrage et très-belle édition.

287. La théorie et la pratique du jardinage, etc. *Paris*, Mariette, 1713, in-4, cart., grand nombre de planches gravées par Mariette. Rare.

288. Liger. Le jardinier-fleuriste, etc. *Paris*, Saugrain, 1776, 2 part. en 1 vol. in-12, v. 8 pl. grav.

Bel exemplaire dans son ancienne reliure.

289. Schabol (l'abbé). Théorie du jardinage. *Paris*, Debure, 1771, pet. in-8, v. b., fil.

290. La pratique du jardinage, avec fig. en taille-douce dessinées et gravées d'après nature, joli front. et 18 pl. grav. par Robert. *Paris*, Debure, 1770, 2 vol. pet. in-8, v. b.

291. Figures pour l'Almanach du bon jardinier. 66 pl. gr. avec légendes, in-12, cart. non rog.

292. Descriptions pittoresques de jardins du goût le plus moderne. *Leipzig*, 1802, in-4, cart. 28 pl. finement gravées par Darnfteldt et Schumann.

293. Dandolo (le comte). L'art d'élever les vers à soie, traduit de l'italien par Fontaneilles. *Lyon*, 1819, in-8, br. pl.

294. Dandolo (le comte). De l'art d'élever les vers à soie, tr. de l'italien par Fontaneilles. *Lyon*, Bohaire, 1819, in-8, br., pl. Non coupé.

295. Bonafous. De l'éducation des vers à soie, d'après la méthode du comte Dandolo. *Lyon*, Bohaire, 1824. in-8, br. planches.

Bel exemplaire sur papier vergé.

296. Cuisinière (la) bourgeoise, par Menou, suivie de l'office à l'usage de ceux qui se mêlent de dépenses de maisons. *Paris*, Guillyn, 1752, 2 vol. in-12, v.

Brunet, en constatant que l'on a imprimé ce livre pendant tout un siècle, ne cite que l'édition en 1 vol. in-12, 1746. L'exemplaire ci-dessus est une fois plus complet et bien mieux imprimé. Le 2e vol. contient une cuisine bourgeoise simplifiée que bien des ménagères préfèrent aux cuisines plus modernes et plus compliquées sans être meilleures.

297. Le Parfumeur royal, ou l'art de parfumer avec les fleurs et composer toutes sortes de parfums, tant pour l'odeur que pour le goût, par Barba, parfumeur. *Paris*, Brunet, 1699, in-12, front. grav., veau.

298. Bourdet. L'Art de soigner la bouche et de conserver les dents, par M. Bourdet, chirurgien-dentiste de la reine (Marie-Antoinette), augmenté de l'Art de soigner les pieds, par Laforest, pédicure de Sa Majesté. *Paris*, Desver, 1787, in-18, cart. non rogn. Rare.

299. Jauge. Cours théorique et pratique de maréchalerie vétérinaire, orné de 110 planches d'après nature. *Paris*, Béchet, 1818, in-4 br. non rog.

Bel exemplaire.

300. Garsault. L'Anatomie générale du cheval, traduit de l'anglais, enrichie de 22 fig. dessinées et gravées par le traducteur. *Paris*, D'Espilly, 1734, id-4, v. b.

301. Solleysel. Le parfait Maréchal, qui enseigne à connoître la beauté, la bonté et les deffauts des chevaux, les causes des maladies, etc. *Paris*, Clouzier, 1682, 2 tom. en 1 v. in-4, v. fil., front. gravé et nombr. fig. en bois, titre rouge et noir.

Ouvrage savant et recherché contenant ce que l'on a écrit de mieux sur les chevaux.

302. Malouin. Description et détails des arts du meunier,

du vermicelier et du boulanger, avec une histoire abrégée de la boulangerie et un dictionnaire de ces arts. *S. l.*, 1767, in-fol. v. 10 belles pl. grav.

Superbe exemplaire en papier vergé fort, d'un livre très-intéressant et savant.

303. Criptographie (la), ou l'art d'écrire en chiffres. *Paris*, Delahays, 1858, in-32, br.

304. Tondeur. Méthode de sténographie. 1851, in-8, br.

305. Bemetzrieder. Leçons de clavecin et principes d'harmonie. *Paris*, Bluet, 1771, in-4 dem.-rel., avec la musique gravée dans le texte.

306. Benoît (vic.). Manuel de chant ou le plain-chant enseigné par principes, mis en rapport avec la musique. *Dijon*, 1830. In-12, cart.

307. Zosime. Zosimi panopolitani de Rythorum confectione fragmentum nunc primum græce ac latine editum. Accedit historia Rythorum sive cerevisiarum quarum apud veteres mentio fit scripsit Gruner. *Solisbaci*, 1814. In-8, d. r., v. f., non rogn.

308. Rousseau (J.-J.). Dictionnaire de musique. *Neuchaftel*, Fauche, 1775. 2 vol. in-8, v. m. fil., planches de musique.

Très-bel exemplaire.

309. Trois méthodes faciles pour apprendre le plain-chant. *Grenoble*, 1747. In-12, v. fil.

310. Ghersi. Traité de l'art de faire des armes. *Holborn*, 1830. In-8, cart., planches.

311. Oppiano. Della pesca ê de la caccia tradotto dal grêco (in versi sciotti), ê illustrato con varie annotazioni. *Firenze*, 1728. Pet. in-8, vel.

Bel exemplaire.

312. Dictionnaire portatif des beaux-arts, par Lacombe. *Paris*, 1753. In-8, v. m.

313. Pernety (dom Ant.-Joseph). Dictionnaire portatif de peinture, sculpture et gravure, etc. *Paris*, Bauche, 1757. Pet. in-8, v. m. fil., 7 planches. Bel exempl.

314. Traité de la peinture, par Léonard de Vinci. *Paris*, Deterville, 1796. In-8, fig. et portr., cart., non rogn.

315. Manuel du dessinateur lithographe, ou description des meilleurs moyens à employer pour faire des dessins sur pierre dans tous les genres connus, par G. Engelmann. *Paris*, 1822. In-18, fig., br., non rogn.

316. Tortebat. Abrégé d'anatomie accommodé aux arts de peinture et de sculpture. *Paris*, Crepy, 1760. In-fol., br., fig.

317. Watin. L'art du peintre doreur, vernisseur. *Paris*, Desver, 1787. In-8, v. f.

318. De l'intime relation des beaux-arts et de l'art industriel. *Lyon*, 1864. In-8, br., 18 pag.

319. Le Vieil (Pierre). Art de la peinture sur verre. *Paris*, 1772. In-4, br., 7 planches gravées par Sellier. (Manque le titre.)

Savant ouvrage imprimé sur papier Vergé.

320. Delestre. Études des passions appliquées aux beaux-arts. *Paris*, 1845. In-8, br.

321. Barozzio. Le nouveau Vignole, ou règles des cinq ordres d'architecture, gravé par Babel. *Paris*, Chereau, 1755. In-4, v. f.

322. D'Aviler. Dictionnaire d'architecture civile et hydraulique et des arts qui en dépendent. *Paris*, Jombert, 1755. In-4, v. m. fil. (ancienne reliure).

323. Du Bois de Saint-Gelais. Description des tableaux du Palais-Royal, avec Vie des peintres à la tête de leurs ouvrages. *Paris*, d'Houry, 1727. In-12, v., m. fil.

324. Piganiol de la Force. Les Délices de Versailles, de Trianon et de Marly, contenant une explication historique de toutes les peintures, tableaux, statues, etc., enrichie de figures en taille-douce. *A Leyde*, Hauk, 1728. 2 vol. in-12, v. f. fil.

325. Félibien. Entretiens sur les vies et sur les ouvrages des plus excellents peintres anciens et modernes. *Paris*, 1685. 5 part. en 5 vol. in-4, cart.

Grand papier Vergé. Bel exemplaire.

326. Delbecq. Catalogue des estampes anciennes formant la collection de M. Delbecq, de Gand. *Paris*, 1845. 3 part. in-8, cart., non rogn.

BELLES-LETTRES

LINGUISTIQUE. — RHÉTORIQUE.

327. Furetière. Dictionnaire universel, etc., corrigé et augmenté par Basnage de Beauval, revu et augmenté par Brutel de la Rivière. *La Haye*, 1727. 4 vol. in-fol., v. m., fil., dos

orné. Dédié au prince de Hesse, avec ses armes gravées par Cofter.

Cette édition, non citée par Brunet, est beaucoup plus complète que celle de 1701, 3 vol. in fol., qui ne contenait que la révision de Basnage.
Très-bel exempl. de cette 4e et dernière édit..; les 3 premières sont de 1690, 1704, 1708.

328. Dictionnaire universel français-latin, dit de Trévoux. *Nancy*, P. Antoine, 1740. 7 vol. in-fol., v. f., dos orné.

Bel exempl. de cette 3e édit., où les corrections sont à leurs places.

329. Silvestre de Sacy. Principes de grammaire générale. *Paris*, Belin, 1822. In-12 br. (quelques taches d'eau).

330. Mercier. Manuel des grammairiens, divisé en 3 parties. *Paris*, Thiboust, 1682. In-12, v., front. grav. par Erlinger.

331. Chavannes. Exposé de la méthode de Pestallozzi. *Paris*, Paschaud, 1809. In-8 br., carte.

Bel exempl. Rare.

332. Isocrates. Scripta, quæ quidem nunc extant, omnia græco-latina postremo recognita; H. Wolfio. *Bâle*, Oporin, 1852. In-8, d.-rel.

Très-bien imprimé.

333. Apolloni Dyscoli Alexandrini, Historiæ commentitiæ liber gr. et lat. Joan. Meursius recensuit, syntagma de ejus nominis scriptoribus et commentarium addidit. *Lug.-Batav.*, Js. Elzevirius, 1620. Pet. in-4, cart.

Bel exempl.

334. Alfonso Ciacono. Historia ceu verissima a calvmniis mvltorum vindicata, etc., 1585. In-4 cart. de 50 p. (rare).

335. Amati Michaelis. Dissertationes IV, historico dogmaticæ preterito anno coram literario consessu recitatæ in ædibus J. Ruffo patritii neapolitani. *Neapoli*, 1728. In-4 de 66 p., cart., n. rogn. (rare).

336. Gardin-Dumesnil. Synonymes latins. *Paris*, Delalain, 1027, in-0, br.

Savant livre. Bel exempl.

337. Examen littéraire et grammatical des deux dernières traductions de Tacite, par Burnouf et Panckoucke. *Paris*, Brunot-Labb, *s. d.*, in-8, br.

338. Erasmus. Precatio dominica. In septem portiones distributa. *Parisiis*, Resch, 1523, pet. in-8, v., front. grav. en bois et marque à la fin. — Exomologesis sive modus confitendi Basileæ. *Froben*, 1524, pet. in-8. Suivi de : Parap. in psalmum tertium, 1524, epistola ad Adrianum, Jodorum, conclu-

siones contra Erasmum. *Rome*, 1523. Apologia Erasmi. — Tous ces opuscules, en italiques, sont suivis de : Expositio circa decisiones questionum Ockam super potestate Summi Pontificis, par Almain. *Paris*, Chevallon, 1526.

Ces ouvrages rares sont reliés en un joli volume.

339. Gail. Introduction au Cours grec, ou nouveau Choix de fables d'Esope, etc., 4 part. *Paris*, Gail, 1808, in-8, cart.

Très-bon ouvrage.

340. Esope. Lexique grec-français de 40 fables d'Esope. *Paris*, 1813, in-12, br.

341. Dictionnaire de l'Académie française. *Lyon*, Duplain, 1777, 2 vol. in-4, v. m., fil. (4e édit.).

342. Les Marguerites françoises, ou Thresor des Fleurs du bien-dire, contenant la manière de traicter et discourir parfaitement sur divers subjets, tant d'amour, qu'autres, par François Desrues; dernière édition, corrigée et augmentée par l'autheur, pour la dernière fois. *Rouen*, Th. Reinsart, 1609, in-12, vél.

Ouvrage curieux et rare.

343. Leroux. Dictionnaire comique, satyrique, critique, burlesque, libre et proverbial. *Pampelune* (*Paris*, 1786), 2 vol. in-8, v. f.

La meilleure édition de ce livre curieux.

344. Remarques nouvelles sur la langue françoise (par le P. Bouhours). *Paris*, S. Mabre-Cramoisy, 1676, in-12, v.

Excellent ouvrage qui fait encore autorité dans bien des cas.

345. Grammaire des dames, par Barthélemi de Grenoble. *Pont-de-Vaux*, 1797, in-8, demi-rel.

Édition la plus complète de cette grammaire curieuse.

346. Duez. Dictionnaire italien et français. *Leyde*, Jean Elsevier, 1659-1660, 2 vol. in-8, demi-rel.

Bel exempl. de cet Elsevier

347. Petit Dictionnaire, ou Dialogues françois et anglois, pour apprendre la naturelle et parfaite prononciation des deux langues, par Claude Mauger. *Rouen*, J. Besongne, 1692, in-12, vél.

Volume rare, ayant été détruit par l'usage dans les écoles.

348. M. Fab. Quintiliani Institutionum oratoriarum lib. XII in commentarios redacti Petro Polo Vergerio auctore. *Parisiis*, apud. Guil. Morelium, 1554. — Petri Rami Rethoricæ Distinctiones Quintilianum, ad Carolum Lotharingum cardinalem. *Parisiis*, apud Andream Wechelum, 1559, 2 part. en

1 vol. in-8, v. b. (rel. du temps avec le portrait en relief de Charles V sur les plats).

Jolie impression du XVIe siècle. Le traité de P. Ramé est de la plus grande rareté.

349. Apollonius (Discolus). De Syntaxi seu constructione. Orationis libri IIII (grec-latin). *Francofurti*, apud Andreæ Wecheli heredes, 1590, in-4, cart.

Edition peu commune. Bel exempl., sauf un petit carré enlevé au titre.

350. Missaglia. Eloquence française, ou Rhétorique moderne. *Amsterdam*, Waister, 1729, in-12, v. rac. fil.

351. D'Olivet (l'abbé). Traité de la Prosodie française, in-12 br.

352. Smetins (henr.). Prosodia in novam formam digesta. *Amstelaedami*, 1674, pet. in-8, front. gr. anc. rel. v.

Bel exempl. Intérieurement, caractères elseviriens.

353. Olderman. Dissertatio philologica, etc. (gr. lat. hebr.). *Helmstadii*, 1714, in-4 de 40 p., demi-rel. m. r.

Bel exempl. de cette broch. rare.

354. Mourgues (le R. P. de Vienne). Rhetorica brevissima, anno 1660, in-8 vél. Manuscrit de 278 pages où l'on a ajouté 6 gravures du temps.

355. Clithoveus. Fundamentum Logicæ. *Paris*, S. de Colines, 1544, pet. in-8 cart.

256. Cicéron. Orationum M. T. Ciceronis, ex emendatione D. Lambini. *Lutetiæ*, J. Dupuys, 1572, 3 vol. petit in-8 vél. — Epistolarum ad familiareis, 1 vol. id. Ad atticum, 1 vol. id., 1573. — Philosophicorum Librorum, pars prima et tertia, Ens. 4 vol. vél., 1573.

357. Péricaud. Invective de Salluste contre Cicéron; texte et traduction. *Paris*, Panckouke, 1835, br. in-8.

358. Panégyrique de Trajan par Pline le jeune, traduit par de Sacy. *Paris*, Moreau, 1709, In-12, v. ec. fil.

Deuxième édition originale recherchée. Voy. Brunet.

359. Recueil des Oraisons funèbres prononcées par Jacques-Benigne Bossuet. *Paris*, Dupuis, 1669. In-12, br.

360. Oraisons funèbres de Fléchier. *Paris*, S. Mabre-Cramoisy, 1680. In-12. v. jasp.

Seconde édition originale.

361. Desid. Erasmi Roterodami Colloquia nunc emendat. Cum omnium notis. *Amstelodami*, typis Lud. Elzeverii, 1650. In-16, v. m.

POÉSIE.

POÈTES ANCIENS ET MODERNES.

362. Les Idylles de Bion et de Moschus, traduites du grec en vers français, par de Langepierre. — Idylles, par le même. *Paris*, Auboin, 1686. 2 part. en 1 vol. in-12, fig. v. m.

363. Æsopi et Gabriæ Fabulæ, Gr. Lat. Homeri Batrachomyomachia, et Galcomyomachia, Tragædia Græca, Gr. et Lat., et Rufi Festi avieni Fabulæ carmine Latino conscriptæ; cum Æsopi vita. Gr. et Lat. *Parisiis*, apud Hieronymum de Marnef, 1585. In-16, fig. vél.

Édition rare ornée de figures sur bois très-curieuses

364. Ovide. Les Epîtres amoureuses d'Ovide, traduites en français; figures de Harrewin. *Cologne*, P. Marteau, 1702. In-12 cart.

365. Ovide. P. Ovidii nasonis fastorvm, tristivm, de Ponto amatoria. *Parisiis*, Sim. Colinaeus, 1529-1536. 2 vol. petit in-8 vél., caract. ital.

Bel exempl. de cette rare édit. Toutes les pages sont intercalées de feuillets blancs couverts de nombreuses notes d'une ancienne écriture qui rendent ces deux volumes très-précieux.

366. Juvénal. Satires, trad. Dusaulx, revue par Pierrot. Panckoucke, 1839. 2 vol. in-8 br.

367. Ausone. Œuvres complètes, trad. nouvelle par Corpet. *Paris*, Panckoucke, 1843. 2 vol. in-8 br.

368. Poetæ Minores, Sabinus, Calpurnius, etc., traduits par Cabaret-Dupaty. *Paris*, Panckoucke, 1842. In-8 br.

369. Hosschius Sidronii Hosschii e Societate Jesu, elegiarum Libri sex, item, G. Becani, idillia et elegiæ. *Lugduni*, Rigaud, 1688. In-12 v. br.

370. Pierron. La Clef de Virgile. *Paris*, Delahays, 1855. 2 vol. in-12 br.

371. Orléans (Charles d'). Poésies de Charles d'Orléans, publiées par J. Marie Guichard. *Paris*, Gosselin, 1842, in-12, br.

372. Basselin. Olivier Basselin, Vaux-de-Vire. Annoté par P. L. Jacob. *Paris*, Delahays in-12, cart. brad.

373. Marot. Les Œuvres de Clément Marot, de Cahors, valet de chambre du roy. *La Haye*, 1700-1714, 2 vol. pet. in-12, v. (Etat médiocre, mais complet de cette édit. Elsevirienne.)

374. Les poésies de Guillaume Cretin. *Paris*, Coustelier, 1723, in-12, bas.

375. Du Bois-Hys. Le Prince illustre (le duc d'Enghien). *Paris*, Rocolet, 1645, in-4, cart., ébarbé, beau front. gravé par Huret.

Panégyrique outré du duc d'Enghien, en vers, avec exposition en prose. On trouve à la fin 10 sonnets en acrostiche, au pape, au roi, au duc d'Orléans, à Mazarin et à d'autres princes.

376. De Morenne. Poésies profanes de Claude de Morenne, évêque de Seez, 1601-1606, publiées et annotées par L. Duhamel. *Caen*, Le-Gost, 1864, in-12, br., tiré à 200 ex. sur pap. vergé.

377. Essai de traduction de quelques épîtres et autres poésies latines de Michel de L'Hopital, avec des éclaircissements sur sa vie et son caractère, par Coupé. *Paris*, Moutard, 1778, in-8, br. non rog.

378. Boileau. Œuvres de M. Boileau Despréaux avec des éclaircissements historiques donnés par lui-même. *Genève*, Fabri 1716, 2 vol. in-4, v. figures, au Lutrin.

Le 1er vol. mouillé, mais complet.

379. La Fontaine. Fables de La Fontaine; illustrations de Grandville. *Paris*, Furne, 1847, gr. in-8, demi-rel., mar. violet, ornements au dos.

Très-bel exemplaire.

380. La Fontaine. Les Œuvres posthumes de M. de La Fontaine, recueillies par Ulrich. *Lyon*, Amaulry, 1694, in-12, v. f. Rare.

381. Poésies de Mme Deshoulières. *Paris*, Ve Séb. Mabre-Cramoisy, 1688, in-8, v. br.

Edition originale.

382. Colardeau. Œuvres choisies, nouvelle édition, ornée d'une gravure dessinée par Desenne et grav. par Bosq. *Paris*, Janet, 1825, in-8, demi-rel.

383. Le Temple de Gnide, par Montesquieu. *Londres*, *S. d.*, in-8, fig., veau f. fil., tr. dor.

Belle édition ornée de jolies figures.

384. Du Cerceau (Le P.). Recueil de poésies diverses, nouvelle édition, revue, corrigée et beaucoup augmentée. *Paris*, Ve Etienne, 1733, in-12, v., beau frontispice allégorique.

Edition inconnue à Brunet.

385. Lt F***. Poésies sacrées. *Paris*, Chaubert, 1751, in-8, cart.

386. Les Sens, poëme en six chants, par de Rozoi. *Londres*, 1767, in-8, fig., veau f., fil. tr. dor.

Exemplaire en papier de Hollande avec des jolies figures d'Eisen avant la lettre. Dans le même volume : Epître au verrou de ma porte. *Tempé*, 1767.

387. Voyage de Paris à la Roche-Guyon, en vers burlesque, divisé en six chants, par M. M. (Ménard). *La Haye, S. d.*, pet. in-12, v. f., f. (*aux armes de Montmorency*).

Ouvrage curieux et peu commun.

388. Recueil de chansons en musique. In-8, vél.

Ce recueil contient un grand nombre de chansons ou parodies avec musique notée et texte gravé.

389. Satyre sur les femmes, par M. L***. *Sans lieu*, 1703, pet. in-12, cart.

Rare, non cité par la bibliographie des ouvrages sur l'amour, les femmes et le mariage.

390. Gymnase lyrique. Recueil de chansons et poésies inédites; 3e année, fig., in-12, br. Rare.

391. Élite des poésies fugitives. *Londres*, 1769, 5 vol. in-12, br.

Les 3 premiers complets seuls ; manque la suite des pages 256 du tome 4. Recueil rare.

392. Les Bains de V. — Le Duel. — Le Lycée des Beaux-Arts. 3 manuscrits in-4, contenant des poésies inédites, composées vers l'an 1778.

394. Bagatelles anonymes recueillies par un amateur. *Genève*, 1766, in-8, br., papier vergé.

Epître à Voltaire, etc. Très-bel exempl.

395. L'Ami des muses (recueil de poésies d'un grand nombre d'auteurs). *Avignon*, Chambeau, 1758, in-8, cart. n. rog.

Très-bel exempl. en papier Vergé.

396. Historiettes ou nouvelles en vers, par Imbert. *Amsterdam*, 1774, in-8, front. gr., fig. de Moreau, demi-rel.

397. Watelet. L'Art de peindre, poëme, avec des réflexions sur les différentes parties de la peinture; augmenté de deux poëmes sur l'art de peindre, par Dufresnoy et l'abbé de Marsy. *Amsterdam*, 1761, in-12, cart., figures de Folkema, vignettes, finement gravées, titre rouge et noir.

398. Voltaire. Œuvres de Voltaire, contenant La Henriade, Essai sur le poëme épique, Pièces fugitives, Essai sur les guerres civiles, et le Temple du goût; nouvelle édition, re-

vue, corrigée, enrichie de fig. en taille-douce. *Amsterdam*, 1739, pet. in-8, v. f., fil.

399. Henriade. La Henriade travestie en vers burlesque, par M. de Montbron. *Amsterdam*, 1762, in-12, v. m. Suivi d'un essai sur la poésie épique.

400. Le même. 1762, in-12, v. m.

401. Du Houllay. Fables en vers françois, par R. N. Du Houllay. *Paris*, 1804, in-12, br., portr. de l'auteur.

402. De Laharpe. Le triomphe de la religion, ou le roi-martyr, poëme épique. *Paris*, Ve Migneret, 1814, in-8, cart. non rog. Rare.

Jolie édition originale non citée par Brunet.

403. Recueil de pièces in-12, v. mar., contenant : La Henriade travestie en vers burlesques. *Berlin*, 1744. — L'Art d'aimer, poëme en quatre chants (par Georges de Cessière). *Amsterdam*, 1748. — Le Glorieux, comédie, par Destouches. *Paris*, 1748. (Edit. originale.) — La Gouvernante, comédie, par La Chaussée. *Paris*, 1747. (Edit. originale.) — Cénée, comédie, par mad. de Graffigny. *Paris*, 1751, fig. (Edit. originale.)

404. Malfilâtre. Narcisse dans l'isle de Vénus, poëme. *Paris*, Lejay. 1769, in-8, v. marb. fil. fig. de Saint-Aubin, front. par Eisen. Dans le même vol. : Elégies de Tibulle, traduites par de Longchamps. *Amsterdam*, 1776. Front. gravé par Milsan.

405. Etrennes au beau sexe, ou la constitution française mise en chansons. *Paris*, 1792, 2 fig. curieuses. In-12, cart. non rog. Rare.

406. Lemercier. Les Ages français, poëme en 4 chants. *Paris*, Didot, an XI, in-8, br. pap. vergé.

Envoi signé de Ch. Labitte.

407. Surville (De). Poésies de Clotilde de Surville, publiées par Ch. Vanderbourg. *Paris*, Henrichs, 1803. In-8, dem.-rel. non rog., front. gr., avec une préf. de 123 pag.

408. Treneuil. Les tombeaux de Saint-Denis et l'héroïsme de la piété fraternelle, élégies. *Paris*, Dentu, 1808. Gr. in-8, mar. r. fil. pap. vergé. Bel exempl.

409. Les jeux de mains, poëme inédit en trois chants, par C. C. de Rulhière ; suivi de son Discours sur les disputes, et de plusieurs pièces du même auteur également inédites. *Paris*, Desenne, 1808. In-8, br. non rog.

410. Pièces fugitives. In-8, v. rac. contenant : Le tableau des Sabines, par le cit. David. *Paris*, an VIII. — Bas-reliefs du

tombeau élevé par l'armée de Sambre-et Meuse au général Hoche, par le cit. Boizot. *Paris*, an VIII. — Tableau historique et moral des principaux objets en cire préparée et coloriée d'après nature qui composent le cabinet de J.-F. Bertrand. *Paris*, an VII. — Sur les journées du 18 fructidor et du 30 prairial. — Notice des actions héroïques et des productions dans les sciences, la littérature et les beaux-arts, dont les auteurs ont mérité d'être désignés à la reconnaissance et à l'estime publique, dans la fête du 1er vendémiaire an VIII.

411. Le Myosotis, par Hégésippe Moreau : nouvelle édition précédée d'une notice biographique, par Sainte-Marie Marcato. *Paris*, 1840, in-12, br.

412. Hommage aux dames, calendrier de 1816. *Paris*, Janet, 1816, in-18 cart. non rog.

Charmant recueil de vers de divers auteurs ; 6 jolies figures gravées par Janet.

413. Barbier. Iambes, par Aug. Barbier. *Paris*, Canel et Guyot, 1831, in-8, br.

Edition originale rare, avec une préface de 30 pages, par les éditeurs, sur la théorie de l'art.

414. Lamotte-Langon. Les Merveilles de la nature, poëme en six chants. *Paris*, Legallois, 1838, in-8, cart. non rog. portrait.

415. Pétrarque. Le Rime di Francesco Petrarca. *In Orleans*, Jacob, mais se vend chez Cazin, 1786, 2 vol. in-18, v. m. fil. dor. sur tr., avec un portrait de Pétrarque gravé par Delvaux.

Edition rare non citée par Brunet.

416. La Gierusalemme liberata, poema eroico di Torquato Tasso. *Parigi*, Prault, 1744, 2 vol. pet. in-12, fig. de Cochin, v. marb. Jolie édition.

417. Le Tasse. La Jérusalem délivrée, trad. de l'italien. *Paris*, Bossange, 1811, 2 vol. in-12, cart. non rog. fig. d'après Gravelot.

418. Guarini. Le Berger fidèle, trad. de l'italien en vers françois, par l'abbé de Torche. *Paris*, Barbin (Hollande). 1672, in-12, cart. fig.

Bel exempl. de cette édit. rare.

419. Ossian, poésies galliques, traduites sur l'anglais de Macpherson, par Le Tourneur. *Paris*, Musier. 1777, 2 vol. in-8, v. f. fil.

420. La Doppia impiccata, overo espositione della necessità all' augustissimo tribunale della Sapienza contro le rag-

gieni della Doppia. *Orbitello*, apresso Cesare Cesari (à la Sphère), 1667, pet. in-12, vél.

Satire curieuse et violente des mœurs du XVIIe siecle, de la collection elzévirienne. Rare.

421. Feltrio. Filli Discorio, etc. *Parigi*, Cazin, 1786, in-18, v. m. fil. tr. dor.

POÈTES DRAMATIQUES.

422. Térence. Les Comédies de Térence, avec la traduction en françois, par A. Magin. *Paris*, Dubochet, 1845, in-12, dem.-rel.

423. Les Comédies de Térence, avec la traduction et les remarques de mad. Dacier. *Amsterdam* et *Leipzic*, Arkstée et Merkus, 1747, 3 vol. in-12, v. f. fil. fig. de B. Picart. Edit. rare.

424. Walle. Jacobi Wallii e Societate Jesu, poematum novem. *Lyon*, Rigaud, 1688, in-12, v.

425. Corneille (P.). Le Théâtre de P. Corneille, revu et corrigé par l'auteur. *Lyon*, L. Bachelu, 1698, 5 part. en 5 vol. in-12, v. f. fil. front. gravé et un beau portr. de Corneille par Cars, vign.

Edition non citée par Brunet.

426. Le Grand. Théâtre de M. Le Grand, comédien du roy. *Paris*, par la Cie des libraires, 1742, 2 vol. in-12, v. m. fil.

427. Œuvres complètes de Molière, édition variorum, collationnée sur les meilleurs textes, par Charles Louandre. *Paris*, Charpentier, 1858, 3 vol. in-12, br.

428. Œuvres de Monsieur Montfleury, contenant ses pièces de théâtre. *Paris*, David, 1705, 2 vol. in-12, front. gr. v. br.

429. Les trois Dorothées, ou Jodelet souffleté, comédie, par Scarron. *Paris*, Toussaint Quinet, 1647, in-4, br.

Edition originale; à la fin se trouvent les fameuses stances adressées à Madame de Hautefort.

430. Campistron. Œuvres de M. Campistron, de l'Académie française. *Paris*, 1739, 2 vol. in-12, v.

431. Boursault. Théâtre de feu M. Boursault, nouvelle édit. *Paris*, par la Cie des libraires, 1746, 3 vol. in-12, v. f.

Edition plus belle et plus complète que celle de 1825 (Brunet) ; titre rouge et noir.

432. Œuvres de Desmahis. *Londres* et *Paris*, 1775, in-8, bas.

mar. fil. Dans le même volume : Narcisse dans l'île de Vénus, poëme en quatre chants (par Malfilâtre). *Paris*, Lejay, *s. d.*, fig. de Saint-Aubin. — Lothaire et Valrade, ou le royaume mis en interdit, tragédie, par Gudin de la Brenelerie. *S. l. n. d.* (Edition originale de la plus grande rareté de cette comédie, qui fut brûlée à Rome en 1767.) — La Dunciade, ou la guerre des sots, poëme (par Palissot). *Chelsea*, 1764. (Première édit.)

433. Garnier (Mlle). La Mort de César, tragédie. *Paris*, Ribou, 1710, in-12, vél. Ed. orig. avec une préface.

Très-rare, non citée par Brunet.

434. Gomez (Mad. de). Œuvres mêlées, contenant ses tragédies et différents ouvrages en prose et en vers. *Paris*, Mazuel, 1724, in-12, v.

435. De la Fosse. Manlius Capitolinus, tragédie. In-32, br. édit. microscopique, 1826.

436. Destouches. Œuvres de Théâtre de M. Destouches. *Paris*, Prault, 1745, 4 vol. in-12, v.

Reliure médiocre, mais bel exempl.

437. Poisson. Œuvres de M. Poisson, 2e édit. *Paris*, par la Comp. des libraires, 1743, 2 vol. in-12, v. f., fil.

Joli exempl., titre rouge et noir.

Ce pauvre Poisson qui «avait six enfants,» aurait dû s'en tenir là. Ses pièces sont si ridicules qu'elles en deviennent très-plaisantes.

438. Piron. Œuvres d'Alexis Piron avec fig., d'après Cochin. *Paris*, Duchesne, 1748, 3 vol. in-12, v. m., fil.

439. Proverbes dramatiques. *Paris*, Lejay, 1773, tom. I, II, III, IV, V, VI, VIII, in-8, br.

Une belle gravure au 1er tome; chaque partie se vendait séparément. Nos 6 volumes sont en papier vergé, et en parfait état.

440. De Boissy. Œuvres de Théâtres de M. de Boissy. *Paris*, Prault, 1738-40, 6 vol. in-8, v., paginations différentes pour chaque pièce, 19 planches d'airs notés.

441. Riccoboni (Louis). Réformation du Théâtre. *S. l.*, 1743, in-12, v. m., fil., fleurons et cul-de-lampe.

442. Beaumarchais. La folle journée, ou le Mariage de Figaro, comédie en 5 actes en prose. *Au Palais-Royal*. 1785, in-8, v. b., pap. vergé.

Edition originale, avec une préface de 56 pages. Rare.

443. Picard et Mazères. Les Trois Quartiers, comédie en 3 actes en prose. *Paris*, Ladvocat, 1827, in-8, br.

444. Ancelot. Olga, ou l'Orpheline moscovite, tragédie en 5 actes. *Paris*, 1828, in-8, cart. n. rog.

Edition originale.

445. Dalban. Hécube, tragédie en 5 actes. *Paris*, 1829, in-8, br. non coupée.

Edition originale, avec préface.

446. Merinval, drame en 5 actes en vers, avec une préface et l'histoire d'où est tiré le drame. In-8, br.

Edition originale, belle gravure de Longueil.

447. Voltaire. Les Lois de Minos, tragédie, dédiée à M. le duc de Richelieu. 1773, in-8, cart., n. rog.

Edition originale.

CONTES. — ROMANS. — FACÉTIES.

OUVRAGES SUR LES FEMMES ET POLYGRAPHES.

448. Bibliographie des chansons, fabliaux, contes en vers et en prose, facéties, pièces comiques, dissertations singulières, etc., ayant fait partie de la collection de M. Viollet-Le Duc. *Paris*, 1859, in-8, br. n. rog.

449. Recueil de Farces, soties et moralités du XVe siècle. Notes par P.-L. Jacob. *Paris*, Delahays, 1859, in-12, br.

450. Fabliaux. Choix de fabliaux mis en vers. *Paris*, Prault, 1788, 2 vol. pet. in-12, 2 grav., br. n. rog.

451. Cent Nouvelles nouvelles (Les). *A La Haye* (*Paris*), Gosse et Néaulme, 1733, 2 vol. pet. in-12, broch.

Edition rare et bien imprimée.

452. Valois (Marguerite de). Contes et nouvelles, mis en beau langage, accommodé au goût de ce temps. *A La Haye* (*Paris*), Gosse et Néaulme, 1777, 2 vol. in-12, broch. Rare.

453. Merlin-Coccaie, prototype de Rabelais, annoté par Brunet. *Paris*, Delahays, 1859, in-12, br.

454. Scarron. Le Virgile travesti, notes par Fournel. *Paris*, Delahays, 1858, in-12, percal. n. rog., papier vergé.

455. Le Songe de Boccace. Traduit d'italien en françois (par Bremond). *Amsterdam*, Ant. Schelte, 1703, pet. in-12, v. jasp.

Satire virulente contre les femmes.

456. Bocace. Contes et nouvelles de Bocace, Florentin, nouvelle édition, mise en beau langage, accommodé au goût de

ce temps. *La Haye*, Gosse et Néaulme, 1777, 2 vol. in-18, broch.

Edition rare.

457. Job ou les Pastoureaux, 1251. — Audefroy le Batard, 1272, par Francisque Michel. *Paris*, 1832, in-8, broch.

458. Le Petit. Paris ridicule et burlesque au XVIIe siècle, notes par P.-L. Jacob. *Paris*, Delahays, 1859, in-12, percal., n. rog., papier vergé.

459. Des Perriers. Le Cymbalum mundi, précédé des nouvelles récréations et joyeux devis. *Paris*, Delahays, 1858, in-12, brad.

460. Barclaii (Jos.). Argenis, nunc primum illustrata (A. Th. Bugnotio). *Lugd.-Bat.*, F. Hackii, 1659, in-8, v. m., fil., front. gravé par Hackius, et portrait de Barclaius, par Grotius.

Bel exemplaire.

461. Semelion, histoire véritable. *S. l.*, 1725, 2 vol. pet. in-12. — Les Amants cloîtrés, ou l'heureuse inconstance. *Cologne*, 1739, 3 tom. en 1 vol. pet. in-12, v. marb.

462. Le Télémaque moderne, ou les intrigues d'un grand seigneur pendant son exil (par Grandchamp). *Cologne*, Antoine d'Egmond, 1701, in-12, veau j.

Voy. sur ce livre curieux le catalogue de Pixérecourt.

463. Toilette de l'archevêque de Sens (par Burlugay). *S. l.*, 1669, pet. in-12, broch.

464. Fénelon. Les aventures de Télémaque, etc. *Leyde*, 1777, in-12, v. m., fig.

465. Cervantès. Histoire de l'admirable Don Quichotte de la Manche, traduite de l'Espagnol (par de Filleau de Saint-Martin). *Lyon*, Le Roy, 1781, 6 vol. in-12, v. marb., fil., avec les jolies fig. de Saint-Aubin.

Bel exemplaire de cette édition non citée par Brunet, quoique supérieurement imprimée.

466. Le Sage. Le Diable boiteux. *Amsterdam*, P. Mortier, 1785, 2 vol. in-12, cart. n. rog., fig.

467. Longuerue. Longueruana, ou recueil de pensées, etc. *Berlin* (*Paris*), 1754, 2 part. en 2 vol. in-12, broch. n. rog.

Très-bel exemplaire de ce recueil publié par Desmarets.

468. Giphantie (par Tiphaine). *Babylone* (*Paris*), 1760. 2 part. en 1 vol. in-12, v. marb.

Critique assez spirituelle.

469. Contes de Guillaume Vadé (Voltaire). *Sans lieu*, 1764, in-8, mar. rouge, fil., tr. dor. (ancienne reliure).

Exemplaire qui a appartenu à Racine-Demonville, financier très-renommé par son luxe et ses prodigalités, et qui possédait un cabinet riche et curieux.

470. Les Six Nouvelles de Florian. *Paris*, de l'imprimerie de Didot l'aîné, 1786, in-12, fig., br. n. rog.

471. Testament de Gille Blasius Sterne, traduit du hollandais. *Lausanne*, 1788, in-12, br. non rog.

Portrait de Sterne ajouté.

472. Tom Jones, ou l'Enfant trouvé, imitation de l'anglais de H. Fielding, par de la Place. *Londres et Paris*, 1767. 4 vol. in-12, fig. de Gravelot avant la lettre, broch. non rog.

Exemplaire en grand papier.

473. Clarisse Harlowe (par Richardson), traduction nouvelle, par Letourneur. *Genève et Paris*, 1785, 10 vol. in-8, fig., br. non rog.

Exemplaire en papier de Hollande, avec les figures de Chodowieck avant la lettre. Seule édition complète.

474. Le Capucin sans barbe, histoire napolitaine. *Lille*, J.-B. Roger, *s. d.*, pet. in-12, cart.

475. Lettres de milady Juliette Catesby, à milady Henriette Campley, son amie, par Mme Riccobini, en français et en anglais. *Paris*, Barrois, 1790, in-12, br. non rog.

476. Contes, aventures et faits singuliers, par l'abbé Prevost. *Londres et Paris*, 1770, 2 vol. in-12, v. m.

477. Marmontel. Contes moraux. *Paris*, Merlin, 1765, 3 vol. in-8, v. f. dor. s. tr., fil., portrait de Marmontel, p. Saint-Aubin, front. gravé et fig. de Duclos, Longueil, Le Veau, Le Grand, J.-F. Rousseau, etc.

Edition originale. Superbe exemplaire en papier de Hollande.

478. Bélisaire. 1767, in-8, fig., même condit., édition originale.

479. Riccoboni. Lettres d'Adélaïde de Dammartin, comtesse de Sancerre, à M. le comte de Nancé. *Paris*, Humblot, 1771. In-12, v. fil.

480. Crébillon fils. Lettres de la marquise de M*** au comte de R***; 2 part. en 1 vol. in-12, v. f., fil. *A La Haye*, Scheurleer, 1738.

481. Malpertuis (Etienne). Juliette, roman en vers. *Paris*, Bohaire, 1837. In-8, br., 88 pages. Rare.

482. — Six lettres à Juliette (en vers). *Paris*, Bohaire, 1842. In-8, br., 85 pages; envoi à L. Bruys, signé. Rare.

M. Et. Malpertuis est un compatriote de Lamartine; ses vers sont faciles et pleins de sentiments.

483. Mémoires et aventures d'un homme de qualité qui s'est retiré du monde (le marquis de ***). *La Haye*, Merville et Vander, 1750. 3 vol. in-12, v. f.

Curieux mémoires où se trouvent les aventures de Manon Lescaut.

484. Luchet (de). Le Vicomte de Barjac, ou Mémoires pour servir à l'histoire de ce siècle. *Dublin*, 1784. In-8, cartonné, n. rog.

L'indication sur le titre, par l'auteur des Liaisons dangereuses, est fausse, le véritable auteur est de Luchet, qui y donna une espèce de suite : Mémoires de Madame la duchesse de Marsheim qui forme le 2e volume.

485. Lettres à Émilie sur la mythologie, par C.-A. Demoustier; édition ornée de 62 grav. en taille-douce (par Choquet). *Paris*, Nicolle, 1816. 6 tomes en 3 vol. pet. in-12, veau rac., fil., tr. dor.

486. Curiosité et indiscrétion, par Fournier-Verneuil. *Paris*, Ponthieu, 1825. In-8, dem.-rel., veau rose n. rog.

Volume curieux pour les faits scandaleux qu'il rapporte.

487. Saint-Géran, ou la Nouvelle langue française; anecdote récente suivie de l'Itinéraire de Lutèce au Mont-Valérien (par Cadet-Gassicourt). *Paris*, Colas, 1812. In-18, fig. br.

Parodie du style de Châteaubriand, de Madame de Staël, et de leur école.

488. Le Monde, ouvrage critique dans lequel on voit une peinture fidèle des ridicules qui règnent aujourd'hui dans les mœurs et dans les usages des Anglais; trad. de l'anglais par Galtier de Saint-Symphorien. *La Haye*, 1756. In-12, v. m.

489. Apologie des dames appuyée sur l'histoire (par madame Galien de Château-Thierry). *Paris*, Didot, 1748. In-12, veau.

490. L'Art de rendre les femmes fidèles; 3e édit., avec des changements et des corrections. *Genève et Paris*, 1783. 2 parties en 1 vol. pet. in-12, v. m.

491. Manuel consolateur des cocus. Code pacifique des ménages; traduit fidèlement de l'anglais, par le baron Commode. *A Cornopolis*, imprimerie de l'Encorné, *S. d.* In-18, br.

492. Larcher. Satires et diatribes sur les femmes, l'amour et le mariage, avec une réfutation. *Paris*, Delahays, 1860. In-12 cart., n. rog., pap. vergé.

493. Deschanel. Le mal qu'on a dit des femmes. *Paris*, Hetzel, 1856. In-16, br.

494. Manuel des Franches-Maçonnes, ou la Vraie maçonnerie d'adoption, suivi de cantiques maçonniques, dédié aux dames, par un chevalier de tous les ordres maçonniques. *A Philadelphie*, chez Philarethe, 1787. Pet. in-12, parch.

Petit livre curieux et peu commun.

495. Œuvres diverses du sieur D*** (Boileau), avec le Traité du sublime; trad. du grec de Longin. Nouv. édition, augmentée de diverses pièces nouvelles. *Suivant la copie de Paris, Amsterdam* (*au querendo*), chez Abrah. Wolfgang, 1686. In-12, fig., vél.

Édition elzévirienne. Rare.

496. Saint-Évremont. Œuvres mêlées. *Paris*, Cl. Barbin, 1688. 2 tomes en 1 vol. in-12, v. f., fil. (*A la Sphère*, Hollande.)

Édition rare.

497. — Œuvres mêlées. *Paris*, Cl. Barbin, 1690. 2 vol. in-4, v. m., gr. papier.

Edition rare.

498. De la Mothe-le-Vayer. Petits traitez en forme de lettres, escrites à diverses personnes stvdievses. *Paris*, Courbé, 1648. In-4, vél., fleuron au front.

Très-rare.

499. Œuvres de Thomas, de l'Académie française; nouvelle édition. *Paris*, Moutard, 1773. 4 vol. in-12, v. marb.

On a ajouté au 4e volume l'Essai sur les femmes. *Paris*, 1772.

HISTOIRE.

GÉOGRAPHIE. — VOYAGES. — HISTOIRE ANCIENNE.

500. Labbe, jésuite. La Géographie royale présentée au très-chrestien roy de France Louis XIV. *Grenoble*, Nicolas, 1658. In-8, vél.

501. Jacobs. Géographie des diplômes mérovingiens. *Paris*, 1862. In-8, br. — Géographie de Frédégaire. *Paris*, 1859. In-8, br.

502. Anson. Voyage autour du monde. *Genève*, Barrillot, 1750. In-4, v. m., fil., titre rouge et noir, nombreuses cartes et fig. en taille-douce.

Bel exemplaire.

503. Grosier (l'abbé). Description générale de la Chine, avec cartes et figures. *Paris*, Moutard, 1787, 2 vol. in-8, cart., n. rog.

504. Barthélemy (l'abbé). Voyages du jeune Anacharsis en Grèce. *Paris*, de Bure, 1788. 4 vol. in-4 et atlas, v. rac., fil. d. sur tr., dent.

Bel exemplaire, sans aucune tache, de cette belle édition.

505. — Voyage du jeune Anacharsis en Grèce. *Paris*, Ledoux, 1830. 5 vol. in-8, d.-rel., sans l'atlas.

506. Rutilius. Itinéraire traduit par Collombus. *Lyon*, 1842. In-8, br., texte en regard.

507. Vasi (Marien). Itinéraire instructif de Rome ancienne et moderne. *Rome*, 1811. 2 tomes en 1 vol. in-12, v. fil., dent., fig. et cartes.

508. Struys (Jean). Voyages en Moscovie, en Tartarie, en Perse, aux Indes, etc., avec fig. en taille-douce, et relation d'un naufrage, par Glanius. *Amsterdam*, Van Meurs, 1861. 2 tomes en 1 vol. in-4, anc. rel. v., front. gravé. Fig.

Voyage rare.

509. De Thévenot. Relation d'un voyage fait au Levant. *Paris*, Billaine, 1665. In-4, cart.

510. Mémoires du chevalier de Beaujeu, contenant les divers voyages, tant en Pologne, en Allemagne, qu'en Hongrie, avec des relations particulières des guerres et des affaires de ces païs-là depuis l'année 1679 (par Delerac). *Paris*, Claude Barbin, 1698. In-12, veau jasp.

Édition originale d'un livre bien curieux et peu commun. Bel exemplaire.

511. Viaud. Naufrage et aventures de M. Pierre Viaud (en 1765), natif de Rochefort, capitaine de navire. *Bordeaux*, 1780. In-12, cart.

Curieuse relation.

512. Poivre. Voyage d'un philosophe, ou Observations sur les mœurs et les arts des peuples de l'Afrique, de l'Asie et de l'Amérique, et deux discours du même. *Londres-Lyon*, 1769. In-12, v. m., fil.

513. Voyage sentimental en Suisse, par C. Hwass. *Paris*, Dentu, an VII. In-12, br. — Suisse et Savoie, souvenirs de voyage, par H. Champly. *Paris*, 1859. In-12, br. — Menton, Roquebrune et Monaco, histoire, administration et description de ce pays, par Abel Rendu. *Paris*, 1859. In-12, carte, br.

514. Itinéraire de Pantin au Mont-Calvaire, ou Lettres inédites de Chactas à Atala, par M. de Châteauterne (René Perin). *Paris*, Dentu, 1811. In-8, br.

Critique spirituelle du roman de Châteaubriand.

515. Voyage au Jardin des Plantes, par Jauffret. *Paris*, de l'imprimerie de Guillemet. *S. d.* In-18, fig., br., n. rog.

516. Mémoires instructifs pour un voyageur dans les divers États de l'Europe. *Amsterdam*, Du Sauzet, 1738, 2 vol. in-12, v., cartes.

517. Jodocus-Sincerus. Voyage dans la vieille France, traduit par Thalès Bernard. *Lyon*, 1859, in-12, br.

518. Voyage de leurs Majestés Impériales dans le sud-est de la France, en Corse et en Algérie, 1860; in-fol. d.-rel., nombreuses gravures sur bois.

519. Resie (le comte de). La Savoie. Voyage à Chambéry et aux eaux d'Aix, etc. *Lyon*, L. Perrin, 2 vol. in-8, br., blasons coloriés, planches et cartes.

520. Guides-Joanne. *France :* de Paris à Lyon, Strasbourg, Normandie, Pyrénées, sur les bords du Rhin, en Italie; plan de Paris. 1861-1867. *Paris*, Garnier et Hachette. 7 vol. gr. in-12, cart. en toile.

521. Bossuet. Discours sur l'histoire universelle. *Toulouse*, 1827, 2 vol. in-12, br.

522. Mélanges historiques, politiques, critiques, etc., ou précis des événements les plus intéressants de l'histoire encienne et moderne, par Ducrot. *Paris*, Nyon, 1780, in-8, v. mar.

523. Volney. Les Ruines ou méditations sur les révolutions des empires. *Bourg*, Goiffon, 1789, in-4, cart. n. rog., pl.

Édition rare.

524. États (les), Empires, Royaumes et Principautez du monde, représentez par l'ordre et véritable description des pays, mœurs des peuples, etc., illustré de l'institution de toutes les religions, monastères, ordres, etc., avec la noble et célèbre origine de tous les ordres militaires et de chevalerie, leurs statuts, armes, devises, etc., par le sieur D. T. V. J., gentilhomme ordinaire de la chambre du roy. *Lyon*, La Rivière, 1659, in-fol., v., front. gravé par Auroux. Belles cartes illustrées de l'Europe, Amérique, Asie, Afrique.

525. Boccacio de Certaldo. Genealogia deorum Gentilis (15 planches de généalogies) ejusd. de Montibus et Silvis, fontib., lacubus, fluminib., marib., etc. A la fin : Parrhisiis, exusum et expensis Dionisii Roce Lodovici, hornken et sociorum, ejus vicesimo secunda die Augusti anno dom. millesimo quingintesimo undecimo. Petit in-fol., ancienne rel. f. v. fauve à compartiments, ais de bois. Lettres ornées.

Édition rare. La marque de Denis Roce au titre.

526. D'Halluvin. Histoire sainte et histoire profane. *Paris*, Perisse, 1848, 2 vol. in-12, cart. n. rog.

527. Xenophon. La Retraite des dix mille de Xenophon, de la traduction de Nicolas Perrot d'Ablancourt. *Paris*, Courbé, 1658, petit in-8, v. ancienne reliure, vignette au titre de Jean Picart.

528. Qvinte Cvrce, de la traduction de Vavgelas, avec les suppléments de Freinshemius traduits par du Ryer. *Paris*, Courbé, 1653, in-4, v. fil., avec une belle grav. représentant Alexandre couronné par la victoire, et une carte.

529. César. Commentaires de César, traduits par Arthaud. *Paris*, Garnier, 1860, in-12, br.

530. Traduction de quelques ouvrages de Tacite, par l'abbé de la Bletterie. *Paris*, 1755, 2 vol. in-12, br., non rog.

Traduction estimée de la description de la Germanie et de la vie d'Agricola.

531. Bergier. Histoire des grands chemins de l'Empire romain. *Paris*, Morel, 1622, in-4, vel.

532. Bède. Venerabilis Bedæ presbyteri, de temporibus sive de sex ætatibus hujus seculi, liber incipit P. Victoris de Regionibus urbis rome libellus aureus. Impressum Vene. P. Joan. de Tridino, 1609, in-4 cart.

Rare et non cité par Brunet.

533. Kurz. Dissertatio historica, de Romanorvm et Saxonvm expeditionibus in Britaniam. *Tubingæ*, 1768, in-4 cart., de 31 pag. Rare.

534. De Fonteny. Epitomé de la vie, mœurs et actions des impératrices depuis Cossvtia, femme de César, jusqu'à présent (Charles-Quint), avec les portraicts en taille-douce, tirés des antiques (149 portraits). *Paris*, Tavernier, 1627, collé sur pap., in-fol. cart.

Livrera re inconnu à Brunet, qui ne cite que les œuvres poétiques de cet auteur.

535. Jornandès. De la succession des royaumes et des temps et de l'origine de Goths; traduction de Savagner. *Paris*, Panckoucke, 1842, in-8, br.

535 *bis*. Marcus. Histoire des Wandales. *Paris*, Bertrand, 1836, in-8, br.

Ouvrage plein d'érudition.

536. Martigny (l'abbé). De la littérature aux XI premiers siècles de l'ère chrétienne, suivi de 18 tableaux synoptiques intéressants. *Lyon*, 1840, in-8, br.

537. Des Michels. Précis de l'histoire du moyen âge. *Paris*, 1836, in-8, cart., n. rog.

538. Delisle. Mémoire sur les actes d'Innocent III. *Paris*, Durand, 1857, gr. in-8, br.

539. Carpzou. Questionem sacram quorsvm arca fœderis pervenerit? In-4, d.-rel., m. vert. 44 pages.

Dissertation très-rare en grec, latin, hébreux.

HISTOIRE DE FRANCE.

540. Hénault (le P.). Nouvel abrégé chronologique de l'histoire de France. *Paris*, Prault, 1761. 2 vol. in-8, v. m., fil.

541. Mably. Observations sur l'histoire de France. *Kehll*, 1788. 6 vol. in-12, br.

542. De Bonnechose (Emile). Histoire de France; 7e édit. *Paris*, F. Didot, 1845. 2 vol. in-12, cart., n. rog.

Ces premières éditions sont rares.

543. Chéruel. Dictionnaire historique des institutions, mœurs et coutume de la France. *Paris*, Hachette, 1855. 2 vol. in-12, br.

544. Inventaire général de l'histoire de France, depuis Charles VII (1422) jusqu'à 1598. *Paris*, 1600. 2 vol. in-8, vel., pages encadrées.

Très-bel exemplaire.

545. Champollion-Figeac. Documents historiques inédits tirés des collections manuscrites de la bibliothèque royale et des biblioth. des départements. *Paris*, Didot, 1841. 4 vol in-4, cart., n. rog., *fac simile*.

546. Histoire de l'histoire. 1862. In-8, 50 p.

547. Lecoy. De l'autorité de Grégoire de Tours. *Paris*, 1861. In-8, br.

548. Huguenin. Suger et la monarchie française au XIIe siècle. *Paris*, Durand. In-8, br.

549. Rob. Gaguini. Quos de Francorum regum Gestis scripsit annales, etc. Adjecta sunt nasserrime aliquot Carmina Ludovici Bologni de laude Gallorum. *Lugduni*, 1524. In-4, v, br.

Édition en lettres rondes à longues lignes. Exemplaire en bel état de conservation.

550. Bellum quod Philippus, Francorum rex. *Antverpiæ*, apud Martinum Cæsarem, 1534. In-8, br.

Volume de la plus grande rareté.

551. Montgaillard (l'abbé). Histoire de France. *Paris*, Moutardier, 1827. 9 vol. in-8, dem.-rel. v., fil., portr.

552. Luce. Etienne Marcel. *Paris*, 1860. Br. in-8.

553. Mathieu (P.). Histoire de Lovis XI, roi de France. *Paris*, Mettayer, 1610. In-fol., portr., lettres ornées.

554. Just Paquet. Des Institutions provinciales et communales et des corporations des pays de l'ancienne France à l'avénement de Louis XI. *Paris*, Delahays. 1860. In-8, br.

555. Alberoni. Testament politique du cardinal Jules Alberoni, recueilli de divers mémoires, lettres, entretiens de son éminence monsignor A. M.; traduit de l'italien par le C. de R. B. M. *Lausanne*, Bousquet, 1753. In-12, cart., n. rog., tit. rouge et noir.

Ouvrage apocriphe, mais curieux, attribué à Maubert de Gouvest, ex-capucin, et à Durey de Marsan. Voir les supercheries littéraires de Quérard, *verbo* Alberoni.

556. Grun. Les Etats provinciaux sous Louis XIV. *Paris*, 1853. In-12, br.

557. Histoire du ministère du cardinal Mazarin sous le règne de Louis XIV. *S. l.*, 1668. In-12, cart.

Bel exemplaire.

558. Retz (Card. de). Ses mémoires, contenant ce qui s'est passé de remarquable en France pendant les premières années du règne de Louis XIV. *Amsterdam*, F. Bernard et du Sauzet. 1723. 4 vol. pet. in-8, v.

La meilleure édition de ces curieux mémoires.

559. Bailleul. Carte du théâtre de la guerre en Savoye et en Piémont, Dauphiné, Bresse, Bugey, Lyonnois. *Lyon*, Daudet, 1747.

Belle carte ancienne.

560. La vie de Philippe d'Orléans, petit-fils de France, régent du royaume pendant la minorité de Louis XV. *Londres*, aux dépens de la Compagnie. 1736. In-8, cart., n. rog., titre rouge et noir.

561. La capitale des Gaules, ou la nouvelle Babylone, (par Fougeret de Montbron). *La Haye*, 1760. — L'anti-Babylone, ou réponse à l'auteur de la Capitale des Gaules (par Gondar). *Londres*, 1760. 2 part. en un vol. in-12, v. f., f.

Volume curieux qui renferme des révélations piquantes des mœurs de Paris à cette époque.

562. Linguet. L'impôt territorial ou la dixme royale avec tous ses avantages. *Londres*, 1787. In-8, br.

563. Réformateur (Le). *Amsterdam*, 1756. 3 vol. in-12, br.

Critique du gouvernement.

564. Saint-Foix. Œuvres complètes de M. Saint-Foix, historiographe des ordres du roi. *Paris*, Ve Duchesne, 1778. 6 vol. in-8, v. m., fil., fig.

Bel exemplaire.

565. Libération de la dette nationale. *Genève*, 1787. 2 part. in-8, br.

566. L'Espion turc à Francfort, pendant la diète et le couronnement de l'Empereur en 1741. *Londres*, 1741. In-12, dem.-rel.

Curieuse relation.

567. Almanach royal, année bisextile 1776. In-8, v. doré sur tr.

568. Mirabeau. Des Lettres de cachet et des prisons d'Etat. *Hambourg*, 1782, 2 part., 1 vol. in-8, dem.-rel., v. f.

569. Mémoires de l'abbé Terrai, contrôleur général des Finances. *Londres*, 1776. In-12, v. marb., fil.

Violente satire contre l'abbé Terrai. On trouve des vers de La Condamine sur les *bartavelles* (perdrix grasses) du Dauphiné, et, à la page 220, la liste des 60 fermiers des impôts avec les croupiers, ou gens pensionnés secrètement aux dépens de chaque ferme.

570. Necker. De l'Administration des finances de la France. *Lausanne*, 1785. 3 vol. in-8, br., papier vergé. Bel ex.

571. D'Hugues. Essai de l'administration de Turgot dans la généralité de Limoges. *Paris*, Guillaumin, 1859, in-8, br.

572. Tarif général des droits des sorties et entrées du royaume, et des provinces esquelles les bureaux ne sont establis, ordonné estre levez sur toutes les marchandises et denrées. Arresté au Conseil royal le 18 septembre 1664. *Lyon*, Jullieron, 1690, in-4, br.

573. Mercier. L'observateur de Paris. *Londres*, 1785, in-8, cart. n. rog.

574. Mémoires sur la Bastille et la détention de l'auteur dans ce château royal, par Linguet. *Londres*, 1783, in-8, fig., v. marbré.

575. Considérations sur les mœurs de ce siècle (par Duclos). *S. l.*, 1751, in-12 bas.

Édition originale. Chose singulière, c'est que dans ce livre, qui traite des mœurs, le mot femme n'est même pas prononcé.

576. Tableau du siècle, par un auteur connu (Nolivos de Saint-Cyr). *Genève*, 1760, in-12, br. non rog.

Livre piquant dédié par dérision au chancelier Maupeon.

577. De Calonne. Lettre adressée au roi. *Londres*, 1789, in-8, br.

578, De Bonnevie (l'abbé). Oraison funèbre de Louis XVI prononcée dans la cathédrale de Lyon, le 29 octobre 1824. *Lyon*, 1824, in-4, de 102 pag., gr. pap. vergé n. coupé.

579. Fac-Simile du Testament de Louis XVI, grav. par P. Picquet. On y a joint le fac-simile d'un fragment d'écrit de Mme Elisabeth, etc. Copie figurée du Testament de la reine. *Paris*, 1816, 2 br. in-4.

580. Lettres choisies de Charles Villette sur les principaux événements de la révolution. *Paris*, 1792; in-8, veau m.

Correspondance fort curieuse à étudier. L'auteur propose des choses fort sensées, et qui ont été exécutées depuis. Il parle d'embellissements à faire au bois de Boulogne, de supprimer les barrières, etc.

581. Courtois. Rapport fait au nom de la commission chargée de l'examen des papiers trouvés chez Robespierre. *Paris*, an III, in-8, d. rel.

582. Grégoire. Mémoires de Grégoire Ancien, évêque de Blois, précédés d'une notice par Carnot. *Paris*, Dupont, 1837, 2 vol. in-8, cart. n. rog.

583. Mounier. Appel au tribunal de l'opinion public. *Genève*, 1790, in-8, br.

Détails curieux sur les journées des 5 et 6 octobre 1789 et sur le procès qui s'ensuivit devant le Châtelet.

584. Convention entre le Gouvernement français et le Pape (1801), in-8, br.

585. Recueil des interrogatoires subis par le général Moreau et ses coaccusés (affaire Georges Cadoudal). *Paris*, imp. impériale, an XII, in-8, br.

586. Mémoire adressé au roi en juillet 1814, par Carnot. *Paris*, 1815, in-8, br.

587. Procédure contre l'institut des jésuites, 1817, in-8, demi rel.

589. Fiévée. Histoire de la session de 1817, in-8, br.

590. Examen rapide du gouvernement des Bourbons, depuis avril 1814 jusqu'à mars 1815. *Lyon*, 1815, br., 71 p.

Rare.

591. De Salvandy. Dangers de la situation présente. *Paris*, 1819, br. in-8, cart., n. rog.

Très-rare.

592. Laurent de l'Ardèche. Réfutation des mémoires du maréchal Marmont, *Paris*, Plon, 1857, in-8, br.

593. Chateaubriand. De la nouvelle proposition relativement au bannissement de Charles X et de sa famille. *Paris*, 1831, in-8, br.

594, Morgan (Lady). La France en 1829 et 1830, traduit

par Mlle Sobry. *Paris*, Fournier, 1830, 2 vol. in-8, d.-rel., portrait.

595. Cubières, (général). Discours de M. le général Cubières, pair de France, recueillis et précédés d'une notice historique par un officier de l'ancienne armée. *Paris*, 1845, in-8, br. Portrait du général, bel exemp., recueil rare.

596. Histoire de Louis-Philippe d'Orléans et de l'orléanisme, par Crétineau-Joly. *Paris*, 1862. In-8 br. (tome Ier).

597. De Canino (la princesse). Appel à la justice des contemporains de feu Lucien Bonaparte en réfutation des assertions de M. Thiers dans son Histoire du consulat et de l'empire. *Paris*, 1845. Broch. in-8 de 112 p.

Rare.

598. Les affiches rouges en 1848, par un girondin. *Paris*, 1851. In-12 br.

Curieux et rare.

599. Bessières (Lucien). Panthéon des martyrs de la liberté. *Paris*, Penaud, 1848. In-8 en 32 séries, 4 vol., 32 belles gravures sur acier. (Manquent les 6 dernières séries du 4e vol.)

Facile à compléter.

600. Histoire illustrée de l'armée d'Italie. *Paris*, 1859. In-fol. cart. bradel, doré sur tr., nombreuses gravures sur bois et carte du quadrilatère.

601. Napoléon III. Discours, messages et proclamations de l'Empereur. *Paris*, Plon, 1860. In-8 br.

602. Discours de M. Billault au Corps législatif. 1861-1862.

603. Rouher. 2 discours de M. le ministre Rouher. 1863-1864. Broch. in-8.

HISTOIRE DES ANCIENNES VILLES ET PROVINCES DE FRANCE.

604. Herbin. Lutèce et Paris. 1847. In-8, d. rel. m., fig. sur bois et médailles, front. grav.

605. Delamare. Traité de la police, etc., avec une description de Paris et 8 plans de la ville depuis les Gaulois. 2e édit. *Amsterdam*, aux dépens de la Compagnie. 1729. 4 vol. in-fol., v. m.

Bel exempl. de cet ouvrage très-estimé.

606. Voyage pittoresque de Paris, ou indication de tout ce qu'il y a de plus beau en peinture, sculpture et architecture, par M. D***. *Paris*, Debure, 1758. In-12, v. m., fig.

607. Goujon. Histoire de la ville et du château de Saint-Germain-en-Laye, suivie de recherches historiques sur les dix autres communes du canton. *Saint-Germain*, Goujon, 1829. In-8 br., plan.

608. Histoire de Melun, contenant plusieurs raretez notables et non descouvertes, plus la vie de Bouchard, ensemble la vie de Jacques Amyot, par Sébastien Rouillard. *Paris*, Guignard, 1628. In-4, portrait, v. jasp.

Exemplaire qui a appartenu à l'abbaye de Saint-Père, de Melun.

609. D'Estaintot. Notes sur les fiefs de Louviers. 1857, br.

610. Eu et le Tréport, guide du voyageur dans ces deux villes, par Désiré Lebeuf. *Rouen*, 1839. In-18, fig., br. non rogné.

611. De Courson. Histoire des origines de la Gaule armoricaine. *Paris*, 1843. In-8, d.-r.

612. Nouveau conducteur de l'étranger à Bordeaux, orné d'un plan de la ville, d'une carte de la Gironde et de trois vues. *Bordeaux*, 1846. In-18, br.

613. Rosny. Histoire de la ville d'Autun, ornée de gravures et carte. *Autun*, an XI. In-4, cart., non rogn., papier vergé.

Bel exemplaire.

614. Visite générale de monseigneur l'evesque de Mascon (Michel Colbert) dans les archiprestrises de Vauxrenard et de Beaujeu, en 1670.

MANUSCRIT in-fol. de 217 feuillets, contenant des détails historiques curieux sur 121 paroisses ou abbayes du Mâconnais, du Charolais, du Beaujolais et du Roannais. On trouve des détails de mœurs sur les devins, la sorcellerie, le concubinage des prêtres, la simonie, etc., le tout signé par les notables de chaque lieu.

615. Calmels. Tables de comparaison des anciennes mesures usitées dans le département de Saône-et-Loire, avec les mesures métriques. *Macon*, 1829. In-8, br. de 187 p.

616. Verninac. Description physique et politique du département du Rhône. *Lyon*, Ballanche, an IX. In-8, cart., non rogn.

617. Lortet. Documents pour servir à la géographie physique du bassin du Rhône. *Lyon*, 1843. Gr. in-8 br.

5 grandes planches et cartes (complet).

618. Leymerie. Notice familière sur la géologie du Mont-

d'Or lyonnais. *Lyon*, Rossary, 1838. In-8, cart., non rogn., planche.

619. Carte de l'ancienne ville de Lyon sous François Ier et Henri II.

Rare.

620. Bernard (Aug.). Description du pays des Ségusiaves pour servir d'introduction à l'histoire du Lyonnais. *Lyon*, Brun, 1858. Gr. in-8 cart., non rogn. (médailles et inscriptions).

Rare.

621. Brossette. Éloge historique, ou Histoire abrégée de la ville de Lyon ancienne et moderne. *Lyon*, Girin, 1711. In-4 cart., carte, planches et grand nombre de blasons gravés.

Rare et recherché.

622. Montfalcon. Histoire de la ville de Lyon. *Lyon*, Guilbert et Durier, 1847. 2 vol. gr. in-8 br., cartes, planches, blasons et inscriptions antiques.

Ce bel ouvrage a été imprimé par Louis Perrin, de Lyon.

623. Bernard (Aug.). Notice historique sur le diocèse de Lyon. *Paris*, 1855. In-8 br.

624. Notice biographique sur J.-M. de la Mure, historien du Forez. *Paris*, 1856. Br. in-8.

625. Guillon. Lyon tel qu'il était et tel qu'il est, suivi de l'histoire de ses malheurs et de ses ruines. *Lyon*, Maire, 1807. In-12, dem.-rel., non rogn.

Rare. 5 feuillets de la table manuscrits.

626. Journal. Notice sur le Franc-Lyonnais. *Lyon*, L. Perrin, 1849. In-8 cart. non rog. Rare.

Rare.

627. Jal. Résumé de l'histoire du Lyonnais. *Paris*, Lecomte, 1826. In-18 cart. non rog.

628. Breghot du Lut et Péricaud. Catalogue des Lyonnais dignes de mémoire. *Paris*, Techner, 1839. Grand in-8 cart., non rog.

629. Grandperret. Histoire de l'Académie royale de Lyon. *Lyon*, Boitel, 1845. In-8, br.

630. Catalogue de MM. les recteurs nommez pour l'administration de l'Hôtel-Dieu de Lyon, de 1583 à 1775. In-4, v. m. fil., pap. fort, typog. Grosse.

Bel exemplaire. Beaucoup de nobles y sont mentionnés.

631. Collombet. Études sur les historiens du Lyonnais ; 2e série. *Lyon*, 1844. In-8, br. Rare.

632. Cochu. Discours sur l'amour du bien public, prononcé dans l'hôtel de ville de Lyon, le 21 décembre 1762. *Lyon*, Delaroche, 1763. In-4, br.

633. L'Ordre public pour la ville de Lyon pendant la maladie contagieuse, augmenté de plusieurs Observations et d'un Traité de la Peste, avec quelques Questions curieuses. *Lyon*, Valençol, 1670. In-4, br.

Bel exemplaire.

634. Séjours de Charles VIII à Lyon sur le Rosne. *Lyon*, Charvin, 1841. In-8, cart., non rog. (réimpression sur papier vergé).

635. Catet (l'abbé). Les Guerres des Protestants à Lyon, de 1561 à 1572, ou Fragments de M. Montfalcon jugés selon la vérité de l'histoire. *Lyon*, 1847. In-8, cart., non rog.

636. Première liste des Chrétiens mis à mort à Lyon, par les catholiques romains à l'époque de la Saint-Barthélemy (1572), avec la médaille de Grégoire XIII. In-12, br.

Très-rare réimpression de 1847.

637. Les Martyrs lyonnais, ou la ligue de 1829; à-propos en vers, enrichi de Notes contemporaines à l'usage de la Congrégation, dédié aux jésuites par un jésuite défroqué. *Paris*, 1829. In-8, cart., non rog.

Curieuse satyre où les noms des personnes sont en toutes lettres.

638. Charrier. Compte-rendu des événements qui se sont passés à Lyon en 1817. *Lyon*, Torge, 1818. In-8, demi-rel., mar. rouge.

Curieuses révelations sur les réactionnaires royalistes, à Lyon.

639. Canuel. Procès en calomnie intenté par le lieutenant-général Canuel contre M. Charrier, ex-lieutenant de police à Lyon, et contre le colonel Favier, à l'occasion des écrits publiés sur les événements de Lyon, en 1817. *Paris*, L'Huillier, 1819. 2 vol. in-8, br.

Curieux détails sur la conspiration réactionnaire et ultra, de Lyon, contenant les plaidoiries de Mes Couture, Dupin, Favier, Berryer, Mauguin.

640. Bonnefons. Histoire de Saint-Etienne et de ses environs, avec 12 planches. *Saint-Etienne*, Delarue, 1851. In-8, demi-rel. v. bleu.

641. La Roche la Carrelle (le baron). Histoire du Beaujolais et des sires de Beaujeu. *Lyon*, L. Perrin, 1853. 2 vol. gr. in-8, br. Nombreux blasons, planches et armoiries coloriées; pap. vélin fort.

L'une des plus belles productions typograp. de L. Perrin. On a joint une notice sur le B[on] de La Carrelle, décédé en 1866, et une autre sur le Beaujolais par Aug. Bernard, 12 pages.

642. Almanach historique de Lyon et des provinces de Lyonnais, Forez et Beaujolais, pour l'année 1788. *Lyon*, 1788. In-8, v. b.

Contenant les fiefs et la noblesse de ces pays.

643. Laplatte. Histoire populaire de Villefranche, capitale du Beaujolais. *Villefranche*, L. Pinet, 1863. Grand in-8, br., titre rouge et noir, armoiries en couleurs. Tome I seul paru.

644. Bedin. Le fief de Prosny, histoire de ses possesseurs, avec désignation de leurs contemporains les seigneurs du voisinage. *Villefranche*, L. Pinet, 1862, grand in-8, cart., non rog., pap. fort. Planche représentant le manoir.

645. Arquillière, curé de Saint-Romain (Rhône). Chemin du Désert, ou Itinéraire et Description de l'ermitage du Mont-d'Or, situé sur les bords de la Saône, près Lyon. *Lyon*, Rusand, 1818. In-8, demi-rel., m. noir.

Curieux et rare.

646. Bedin. La Chapelle de Rivolet (en Beaujolais). In-8, 16 pages.

Rare.

647. Requête et Supplique de F. Bel, curé de Quincié (en Beaujolais), contre le prieur et religieux bénédictins de Charlieu, au sujet d'une dixme paroissiale possédée par iceux et les marquis de Varennes (1754-1755).

Manuscrit in-4° de 100 feuillets d'une belle écriture, contenant de précieux renseignements historiques.

648. Roux (l'abbé). Recherches sur le forum segusiavorum et l'origine gallo-romaine de la ville de Feurs. *Lyon*, Boitel, 1861. In-8, br. Carte et planches.

Rare.

648 *bis*. Roux (l'abbé). Observations sur l'ouvrage intitulé : Description du pays des Ségusiaves. *Lyon*, Brun, 1859. Grand in-8, cart., non rog.

Rare.

649. Pavy (l'abbé, évêque d'Alger). Les Grands Cordeliers de Lyon. *Lyon*, Sauvignet, 1835. In-8, cart., non rog. Figures de l'ancien couvent.

650. Monmartin. Précis sur l'Ecole La Martinière (de Lyon). *Lyon*, Louis Perrin, 1862. In-8, br.

651. Passage à Lyon de Leurs Majestés Napoléon Ier et de l'Impératrice Joséphine en 1805. In-4, br.

652. Vingtrinier. La Tour de Saint-Denis-en-Bugey. *Lyon*, 1860. Brochure in-8.

653. Montmerle (en Bresse). Notice in-8, cart., non rog.

654. Fragment d'une notice historique sur la province de Dombes, suivi d'une Dissertation sur le même pays, par M. Jolisbois, curé de Trevain. *Lyon*, Boitel, 1842. Grand in-8, cart., non rogné.

Rare.

655. Clerc. Instruction sur les mesures républicaines anciennes du département de l'Ain. *Bourg*, an VIII. In-8 br.

Très-intéressant pour ce département.

656. Chorier. Recherches sur les antiquités de la ville de Vienne, métropole des Allobroges. *Lyon*, Millon, 1827, in-8, br., figures.

Rare. Notes de Cochard.

657. Fléchier. Mémoires sur les grands jours d'Auvergne (1665). *Paris*, Hachette, 1862, in-12, br.

658. Tables de comparaison des mesures anciennes de la Charente avec le système métrique. *Angoulême*, An X, in-8, br.

659. Basville (de.) Mémoire sur la province de Languedoc fait par M. de Basville, en l'année 1697, par ordre de Mgr de Bourgogne. In-4, cart.

Très-beau manuscrit de 194 feuillets, contenant un grand nombre de notions historiques sur cette province.

660. Commentaire sur la coutume d'Artois, par Hebert, conseiller au conseil d'Artois. In-fol., bas.

Intéressant manuscrit d'une bonne écriture du XVIIIe siècle. Environ 500 pages.

661. Collection des Cartulaires de France. — Cartulaires de l'abbaye de Saint-Bertin, publiés par M. Guérard, tom. III, in-4, br.

662. Album de la Procession célébrée à Arras, le 15 juillet 1860, en l'honneur du Bienheureux Benoît-Joseph Labre. *Arras*. Gr. in-4, oblong. 24 planches lithographiées.

663. Églises du moyen âge dans les villages flamands du nord de la France, par L. de Baecker. *Bruges*, 1848, in-4, br., figures.

664. Histoire de la ville de Valenciennes, divisée en IV parties, par M. d'Outreman. *Douai*, 1639, in-fol. d.-rel., toile. Exempl. grand de marges.

665. De la nécessité de prendre Dunkercke aux Provinces Unies des Pays-Bas. *S. lieu ni date* (vers 1645), in-4, br.

Cet opuscule ainsi que le précédent ont été imprimés en Hollande avec les caractères et les fleurons ressemblant à ceux des Elzevirs.

HISTOIRE DES PAYS ÉTRANGERS.

666. Mémoire pour les ministres d'Angleterre contre l'amiral Byng, et contre l'auteur du peuple instruit, 1782. *S. lieu*, in-12, v., armoiries.

667. Relation historique et galante de l'invasion de l'Espagne par les Maures, par Baudot de Juilly. *Paris*, Pierre Witte, 1722. 4 tom. en 1 vol. in-12, fig., v. m.

668. Giannone. Histoire civile du royaume de Naples, traduite de l'italien (par Desmonceaux); à *La Haye*, par Gosse et J. Beauregard, 1742, 4 vol. in-4, v., beau portrait de Giannone, fleurons.

669. Rendu (Eugène). L'Italie et l'Empire d'Allemagne. *Paris*, Dentu, 1859, in-8, br.

670. Fin de la guerre des Pays-Bas aux provinces qui sont encore sous l'obéissance d'Espagne; item la Descouverte des proffondeurs d'Espagne cachées sous cette proposition de donner au roi de France en mariage l'Infante d'Espagne avec les dix-sept provinces des Pays-Bas en constitution de dot. *S. lieu*, 1645, in-4, br.

Opuscule curieux et rare.

671. Rerum Belgicarum annales a Aubertus Miraeus. *Bruxellis*, 1624, pet. in-fol., cart.

Exemplaire portant la signature autogr. d'Estienne Baluze.

672. Mignet. Antonio Perez et Philippe II. *Paris*, Charpentier, 1854, br.

673. Raynal (l'abbé). Histoire du Stathouderat, 4e édit. *La Haye*, in-12, cart., n. rog., papier vergé.

Bel exemplaire.

674. Seconde Apologie contre les calomnies des Impériaulx sur les causes et ouverture de la guerre. *Paris*, Ch. Estienne, 1552, in-4, br.

Brunet, dans son Manuel, tome 1er, page 353, dit que cette seconde apologie est la traduction de l'*Altera apologia pro rege*..., impr. par Ch. Estienne en 1552. Cette pièce historique est rare.

675. L'Allemagne moderne et ancienne, avec ses sept fleuves qui vont à la mer, et traits particuliers du Danube. In-4, br.

Manuscrit d'une écriture du commencement du XVIIe siècle.

676. Vordac. Mémoires du comte de Vordac, général des armées de l'empereur (d'Autriche). *Paris*, 1730, 2 vol. in-12, v.

677. Histoire secrète de la cour de Berlin (par Mirabeau). *Sans lieu* (*Paris*), 1789, 2 vol. in-8, br. non rog.

Ouvrage curieux et peu commun, ayant été condamné au feu par arrêt du parlement.

678. Relation de ce qui s'est passé depuis quelque temps en Italie pour la foire de Pignerol. *S. l.*, 1631, in-8, br.

Pièce importante pour l'histoire du temps. Exemplaire bien conservé et grand de marges.

679. Histoire des révolutions de Suède, par l'abbé Vertot. *Paris*, Brunet, 1696, 2 vol. in-12, v. j.

680. Histoire de la dernière révolution de Perse, par le P. Ducerceau. *Paris*, Briasson, 1728, 2 vol. in-12, v. j.

681. Lettres athéniennes, ou correspondance d'un agent du roi de Perse à Athènes, pendant la guerre du Péloponèse, trad. de l'anglais par A. Louis Villeterque. *Paris*, Dentu, an XI (1803), 3 vol. in-8, portr. et carte, dem.-rel.

Ouvrage estimé.

681 *bis*. Collin de Bar. Histoire de l'Inde ancienne et moderne, avec des pièces inédites à l'appui. *Paris*, Le Normant, 1814, 2 vol. in-8, cart. non rog.

682. Robertson. Histoire de l'Amérique, traduite de l'anglais par Suard. Neufchâtel, 1778, 4 vol. in-12, br.

Bel exempl. contenant un Catalogue de livres et manuscrits espagnols de 20 pages.

683. Du Buisson. Abrégé de la révolution de l'Amérique anglaise, de 1774 à 1778. *Paris*, Cellot, 1778, in-12, v.

Ouvrage très-exact, étant composé par un témoin oculaire.

684. Belloi. Histoire d'Amérique et d'Océanie. *Paris*, 1846, in-8, br. fig. grav. sur acier.

NOBLESSE. — CHEVALERIE.

685. Sicille. Le Blason des couleurs, etc., annoté par L. Cocheris. *Paris*, Aubry, 1860, in-12. Bradel.

686. De Magny (le Vte). La Science du blason, accompagnée d'un armorial général des familles nobles de l'Europe. *Paris*, Aubry, gr. in-8, mar. r. fig. et 1508 blasons.

Bel exemplaire.

687. Paradin (Claude). Devises héroïques. *Lyon*, Jean de Tournes, 1557, in-8, v. fil. 180 fig. sur bois, front. avec encadrement.

La plus rare édition.

688. Alciat. Emblemata elucidata a Cl. Minois commentariis. *Lugduni*, Hæredes Rovillii, 1614, in-8, vél. 213 grav. sur bois.

Édition la plus complète de ce livre, non citée par Brunet.

689. De la Roque. Traité de la noblesse, de ses différentes espèces, etc. *Paris*, Michallet, 1678, in-4, v. (Prem. édition.)

Rare et recherché.

690. Beaune (Henri). Des Distinctions honorifiques et de la particule, 2e éd. *Paris*, 1863, in-12, br.

691. Chastel. De l'édit sur la police des armoiries. *Lyon*, 1859, br. in-8 de 15 pag.

Rare.

692. De Limiers. La Science des personnes de cour, de l'épée et de la robe. *Amsterdam*, 1723, 4 v. in-12, v. m. armoiries, anc. rel un peu écornée, front. gravé par Picard.

Nombreuses planches gravées, dont 2 de blasons et plusieurs de généalogies.

693. Calendrier des princes de la noblesse de France, par l'auteur du Dictionnaire généalogique, etc., pour l'année 1768. *Paris*, Duchesne, 1768, in-18 de 312 p. et un suppl. de 65 p., br. non rog.

Très-bel exempl. de cet important ouvrage qui renferme toute la noblesse de France par ordre alphabétique.

694. Etat de la noblesse, année 1782. *Paris*, Le Boucher, in-12, br. (Le tome Ier A-I.)

695. Almanach de la noblesse du royaume de France pour l'année 1848. *Paris*, Aubert, 1848, in-12, br.

Rare.

696. Etat présent de la noblesse française. *Paris*, Bachelin-Deflorenne, 1866, gr. in-8 br., nombr. blasons.

697. Coyer (l'abbé). Développement et défense du système de la noblesse commerçante. *Amsterdam*, 1757, 2 part. en 1 vol. in-12, v. fil.

Rare.

698. Histoire de l'esprit révolutionnaire des nobles en France. *Paris*, Baudoin, 1818, 2 vol. in-8, br. Quelques rousseurs.

699. Barthélemy (Edouard de). La Noblesse en France, avant et depuis 1786. *Paris*, 1860. in-12, br.

700. Tableau historique des trois cours souveraines de France. *La Haye*, 1772, in-8, v. m.

701. Boulainvilliers. Essais sur la noblesse de France. *Amsterdam*, 1732, in-8, v.

702. Boulainvilliers. Histoire de la pairie de France et du parlement de Paris. *Londres*, Harding, in-12, cart. non rog.

703. Boulainvilliers. Histoire de l'ancien gouvernement de la France, avec 14 lettres historiques sur les parlements ou états généraux. *La Haye*, 1727, 3 vol. in-12, v.

704. Régnault. Histoire du Conseil d'Etat, depuis son origine, orné de costumes et d'autographes. *Paris*, Cotillon, 1853, in-8, br.

705. Le Laboureur (Jean). Histoire du mareschal de Gvébriant, contenant le récit de ce qui s'est passé en Allemagne dans les guerres des couronnes de France et de Suède, et des Estats alliez contre la maison d'Austriche, avec l'histoire généalogique de la maison du même mareschal, et plusieurs autres des principales de Bretagne, qui y sont alliées ou qui en sont descendues; justifiée par titres, histoires, et autres preuves authentiques. *Paris*, P. L'Amy, 1657. In-fol., v. br., frontispice gravé par Chauveau. L'histoire est suivie de : l'oraison funèbre du maréchal pronnoncé par Grillé, évêque, le 8 juin 1644, 28 pages, une belle gravure du mausolée du même; de pièces ajoutées, 4 pages; de l'histoire généalogique de la maison des Budes, etc, par Le Laboureur. *Paris*, 1656. 230 pages et 103 blasons très-bien gravés. Ces pièces ont une pagination différente de l'histoire.

Bel exemplaire de cet ouvrage très-rare.

706. Etat présent d'Espagne; l'origine des grands, avec un voyage d'Angleterre. *Villefranche*, Levrai, 1717. — Etat de la Suisse, écrit en 1714, traduit de l'anglais. *Amsterdam*, Wetstein, 1714. Vol. in-12, v. m.

707. La Curne de Sainte-Palaye. Mémoires sur l'ancienne chevalerie, avec une introduction et des notes historiques. par Ch. Nodier. *Paris*, Girard, 1826. 2 vol. in-8, v. m., dent., fig. col.

708. Gassier. Histoire de la chevalerie française. *Paris*, Mathiot, 1814. In-8, br., fig.

Bel exemplaire.

709. Baudoin. Histoire des chevaliers de l'ordre de Saint-Jean de Hiervsalem; frontispice gravé, 624 pages; les statuts et ordonnances de 1603, 331 pages; portrait de Lascaris; sommaire des priviléges octroyez à l'ordre, par frère de Naberat, 257 pages; 2 beaux frontispices gravés par Blanchin; les plans de Jérusalem, Valanée, Ptolémaïde, des îles de Cy-

pre, Rhodes, Malthe; 56 portraits des grands maîtres et une prise d'habit. *Paris*, J. D'Allin, 1643. In-fol., v. f.

Ancienne reliure, mais bel exemplaire de cet ouvrage rare et important de Bosio, par Boissat, et augmenté par Baudoin.

710. De Vertot. Histoire des chevaliers de Malte. *Amsterdam*, par la compagnie, 1764. 5 vol. in-12, v.

711. Catalogue de livres anciens sur la noblesse, avec les prix. 1865. In-fol., br. 36 pages.

ARCHÉOLOGIE.

712. Traité élémentaire de numismatique, 2e édit. *Abbeville*, 1861. In-8, br.

713. De Barthélemy. Numismatique mérovingienne. *Paris*, 1864. Br. in-8.

714. Tableau de la valeur des monnaies des principaux Etats du monde. *Paris*, 1815. In-8, br., fig. col.

715. Poulhariès. Histoire métallique de l'Europe, ou catalogue des médailles qui composent le cabinet de M. Poulhariès (de Marseille. *Lyon*, 1767. In-8, br.

Très-rare.

716. Sperlingius. Dissertatio de nummis non cusirtam veterum quam recentiorum. *Amsterdam*, Halman, 1700. In-4, v. Beau médaillon au frontispice.

717. Poey-D'Avant. Catalogue des monnaies françaises et étrangères composant la collection de feu M. Norblin. *Fontenoy-le-Comte*, 1855. In-8, cartonné, non coupé, portrait de Norblin.

718. De Sauley. Souvenirs numismatiques de la révolution de 1848, recueil complet des médailles, monnaies et jetons qui ont paru en France, du 22 février au 20 décembre 1848. *Paris*, Rousseau. In-4, cart., n. rog., 60 planches avec explication.

Très-curieux recueil.

719. Fière. Catalogue du médailler de la bibliothèque numismatique, de A. Fière, de Tournon. *Lyon*, Fontaine, 1850. In-8, cart., n. rog.

720. Sceaux du moyen âge (recueil de documents et de mémoires relatifs à l'étude spéciale des), etc., par A. Forgeais et Levieux-Lavallière. *Paris*, 1851-1855, en livr. *Figures dans le texte.*

(1re année, liv. 1 à 9. — 3e année, liv. 7 à 12. — 4e année complète.)

721. Monchablon. Dictionnaire abrégé d'antiquités. *Paris*, Desaint, 1761. In-12, v. f., fil.

722. Dictionnaire des antiquités chrétiennes, par l'abbé Martigny. *Paris*, 1865. Gr. in-8, cart. *Figures dans le texte.*

723. Histoire de l'Académie des inscriptions et belles-lettres avec les éloges des académiciens morts, le catalogue et les différentes éditions de leurs ouvrages, etc. *Amsterdam*, Changuyon, 174[illegible]. 2 vol. in-12, v. f., fil.

724. Desjardins. Comptes-rendus des séances de l'Académie des inscriptions, année 1862. In-8, cart.

725. Berty et Lacour. Annuaire de l'archéologue du numismate, de l'antiquaire. *Paris*, Claudin, 1862. In-18, br., pap. vergé, fig.

726. De Pauw. Recherches philosophiques sur les Egyptiens et les Chinois. *Berlin*, 1773. 2 vol. in-12, br., carte.

Bel exemplaire de ce savant ouvrage.

727. Goulianof. Essai sur les hiéroglyphes d'Horapollon, et quelques mots sur la cabale. *Paris*, Dufart, 1827. In-4, br.

728. Panckoucke. Collection d'antiquités égyptiennes, grecques et romaines. 1841. In-8, br. fig.

729. Valerianus (Joannes-Pierius). Hieroglyphica, sev de sacris Ægyptiorum literis. *Lugduni*, Soubron, 1594. In-fol., demi-rel., nombreuses fig. sur bois.

Livre rare et curieux. Bel exemplaire de cette édition de Lyon inconnue à Brunet.

730. Guigniaut. De la Théogonie d'Hésiode. *Paris*, 1835. Broch. in-8.

731. Visconti. Mémoires sur des ouvrages de sculpture du Parthenon. *Paris*, Dufart, 1818. In-8, cart., n. rog.

732. Jacobs. Les trois itinéraires des Aquæ apollinares. *Paris*, 1860. Br. in-8.

733. — Géographie de Frédegaire. *Paris*, 1859. Br. in-8.

734. Nolhac. De la hache sculptée au haut de plusieurs monuments antiques funèbres, et des mots : Sub aseia dedicavit. *Lyon*, 1840, in-8, br.

735. Greppo (l'abbé). Une inscription funéraire du musée de Lyon. *Lyon*, Barret, 1838, br. in-8, planche.

Rare.

736. Averani. Monumenta latina postuma in Pisana. Athenæo antecessoris nunc primum edito. *Florence*, 1769, in-4, cart. n. rog., planche.

737. La Vera architecta di Pozzuolo descritta da Giulio Cesari Capaccio. *Roma*, 1652, in-8, fig. v. br.

Ouvrage peu commun enrichi d'un grand nombre de figures sur cuivre et sur bois.

738. Hermanni Conringii. De Germanicorum corporum habitus antiqui ac novi causis dissertatio. *Helmestadi*, H. Mulleri, 1645, pet. in-4, v. m.

739. Allmer. Sur deux inscriptions votives à la déesse Bormo. *Lyon*, 1859, br. in-8.

740. Artaud. Mémoire sur un poignard de bronze trouvé à Cussol. 1811, in-8, broch. rare, planche.

741. Cochet. Archéologie céramique et sépulcrale. *Lyon*, 1863. in-4, fig.

742. La Ferrière-Percy. Une fabrique de faïence à Lyon sous Henri II. *Paris*, Aubry, 1862, brochure.

743. Boyer. Fouilles de Neuvy-sur-Baranjon. 1862, in-8, 16 pages.

744. Lenoir (Alex.). Description historique et chronologique des monuments de seulpture réunis au musée des monuments français. *Paris*, au musée, an VI, in-8, br.

Bel exemplaire, à toutes marges.

745. Lenoir. Musée impérial des monuments français. *Paris*, 1810, in-8, br.

746. Notice des objets d'art exposés au musée de Dijon. *Dijon*, 1860, in-12, br., 296 p.

747. Didier-Petit. Catalogue de sa collection d'objets d'art formée à Lyon. 1843, in-8, cart.

Rare.

748. Bertrand (Alex.). Le Musée de Besançon. 1861, in-8, 18 pag.

BIOGRAPHIE.

749. De Beaulieu. La Vie de saint Thomas, archevêque de Cantorbéry et martyr, tirée de qvatre avteurs contemporains qui l'ont écrite, etc. *Paris*, P. Le Petit, 1674. In-4, cartonné, fleurons.

Rare.

750. Rébitté. Guillaume Bude, restaurateur des études grecques en France. *Paris*, 1846. In-8, br.

751. Leroux de Lincy. Hugues Aubriot. *Paris*, 1862. Brochure in-8.

752. Histoire du chevalier Bayard, lieutenant général povr le roy au govvernement du Dauphiné et de plvsieurs choses memorables advenües en France, Italie, Espagne et es Pays-Bas, du règne des roys Charles VIII, Louis XII et François Ier, depuis l'an 1489 jusqu'en 1524. *Paris*, Pacard, 1619. In-4, v. m., fil. dent.

Edition la plus rare après celle de 1527, écrite par le secrétaire de Bayard.

753. Garnier. Louis de Bourbon, évêque-prince de Liége (1455-1482). *Paris*, 1860. In-8, br.

754. Marsollier. La Vie de saint François de Sales, évêque et prince de Genève. *Venise*, Rosa, 1805. 2 vol. in-12, br.

755. La Vie d'Edmond Richer, docteur de Sorbonne, par Adrien Baillet. *Amsterdam*, 1715. In-12, v. j.

756. Vie de Charles V, duc de Lorraine. *Amsterdam*, Carrel, 1691. In-12, anc. rel. Portrait et armes du duc.

757. Soullié. Lafontaine et ses devanciers. *Paris*, 1861. In-8, br.

758. Meunier. Essai sur la vie et les ouvrages de Nicole Oresme. *Paris*, Durand, 1857. In-8, br.

759. Bourquelot. Jean Des Mares, 1858. Brochure in-8.

760. La Vie de Marianne, ou les Aventures de madame la comtesse de ***, par de Marivaux. *Paris*, Prault, 1755. 4 vol. pet. in-12, v. m.

761. Mémoires de monsieur le marquis de F***, ou les Amours fugitifs du cloître (par le marquis d'Argens). *Amsterdam*, 1748. 2 t. en un vol. pet. in-12, v. f.

762. Proyard (l'abbé). Vie du Dauphin, père de Louis XVI. *Paris*, Berton, 1778. In-12, v. Portrait du Dauphin.

763. Staël (Mme de). Lettres sur les ouvrages et le caractère de J.-J. Rousseau. *Paris*, an VII. In-12, demi-rel.

764. Bébian. Eloge de Charles-Michel de l'Epée. *Paris*, Dentu, 1819. In-8, br. Portrait.

Rare.

765. Vie de Joseph Balsamo, comte de Cagliostro, extraite de la procédure instruite contre lui à Rome, en 1790. *Paris*, Onfroy, 1791. In-8, cart., non rog.

Curieux et rare.

766. Mémoires du général Custine, rédigés par un de ses

aides de camp. *Hambourg* et *Francfort*, 1794. 2 part. en 1 vol. in-12, portrait, demi-rel. v. r.

Mémoires rares qui n'ont point été réimprimés dans la collection publiée par MM. Barrière et Berville.

767. Champfleury. Légende du Bonhomme Misère. *Paris*, 1861. In-8, br.

768. Biographie des Dames de la Cour et du faubourg Saint-Germain, par un valet de chambre congédié. *Paris*, 1846. In-32, br.

Petit livre recherché pour les faits scandaleux qu'il contient. Un arrêt judiciaire en ayant ordonné la suppression, les exemplaires en sont devenus très-rares.

769. Biographie des 750 représentants du peuple à l'assemblée nationale législative, par ordre alphabétique, avec un tableau des députations par départements, par plusieurs journalistes. *Paris*, 1849. Grand in-8, demi-rel., non rog.

Biographie piquante devenue peu commune.

770. Biographie de Joseph-Napoléon Bonaparte. Lettre politique à la chambre des députés de 1830. *Paris*, Levavasseur, 1832. In-8, br., 86 p.

771. Profils critiques et biographiques des sénateurs, conseillers d'Etat et députés, par un vieil écrivain. *Paris*, 1852. In-12, cart., non rog.

BIBLIOGRAPHIE — HISTOIRE LITTÉRAIRE.

772. Simian. Les journaux chez les Romains. Broch. in-8.

773. Lacroix (Bibliophile). Histoire de l'Imprimerie. *Paris*, 1852, gr. in-8, cart. n. rog., pl., armoiries coloriées.

774. Janson. De l'Invention de l'imprimerie, ou analyse de deux ouvrages de Meerman. *Paris*, 1809, in-8, d.-rel.

775. Duprat. Aperçu sur les progrès de la typographie. *Paris*, 1863, br. in-8.

576. Sorel. La bibliothèque française de M. Sorel. *Paris*, 1664, in-12, cart.

Rare.

777. Rolland. Conseil pour former une bibliothèque, ou catalogue raisonné de tous les bons ouvrages qui peuvent entrer dans une bibliothèque chrétienne. *Lyon*, Guyot, 1850, 3 vol. in-8, br.

Ouvrage estimé, avec une bonne table alphabétique.

778. Michelant. Catalogue de la bibliothèque de François Ier à Blois, en 1518. *Paris*, Franck, 1863, in-8, br.

779. Hiver de Beauvoir. La Librairie de Jean, duc de Berry, au château de Mehun-sur-Yèvre (1416). *Paris*, Aubry, 1860, in-8, br., tiré à 300 exempl.

780. Goujet. Bibliothèque françoise. *Paris*, 1741-42, 6 vol. in-12, d.-rel.

781. Pieters. Annales de l'imprimerie Elzevirienne. *Gand*, 1851, in-8., cart. n. rog.

782. Dictionnaire bibliographique, historique et critique des livres rares, etc. *Paris*, Cailleau, 1790-1802, 4 vol. in-8, cart., n. rog. Manque quelques pages au tome 2. Les 3 premiers vol. sont de l'abbé Duclos; le 4e (supplément) est de Brunet, l'auteur du manuel.

783. Fournier. Nouveau dictionnaire de bibliographie. *Paris*, Fournier, 1809, in-8, cart., non rog.

784. Jacquemart. Bibliographie forestière française. *Paris*, 1851, in-8, cart.

Ouvrage très-bien fait contenant 531 numéros.

785. Petite bibliographie romancière, avec un catalogue des meilleurs romans. *Paris*, Pigoreau, 1821, in-8, cart., n. rog.

786. Hebrard. De la Librairie, son ancienne prospérité, son état actuel. *Paris*, Hebrard, 1847, in-8, broché. *Rare*.

787. Ruelle. Notice sur la bibliothèque du comité des travaux historiques. *Paris*, 1863, br. in-8.

788. Bosquillon. Catalogue des livres rares et précieux de M. Bosquillon. *Paris*, Labite, 1815, in-8, cart., n. rog.

789. Brunet. Catalogue des livres de la bibliothèque de feu le citoyen J.-J. Brunet. *Montpellier*, an VIII, in-8, br. (prix), avec table des auteurs.

790. Catalogue de M. le comte de Chaponay, 1863; in-8, br. (prix).

791. Catalogue des livres rares et précieux, des manuscrits de M. Chardin. *Paris*, Debure, 1823, in-8, cart., non rog. (prix ms.).

792. Bosquillon, 1815, in-8, cart., n. rog. (livres de médecine), table des noms d'auteurs.

793. Catalogue des livres et des manuscrits composant la bibliothèque de M. de Saint-Albin, 1850, in-8, br.

794. Chabrol. Catalogue des livres de M. le comte de Chabrol. *Paris*, Merlin, 1829, in-8, cart., n. rog. (prix man.).

795. Catalogue des livres de M. Parison, précédé d'une Notice par Jacq.-Ch. Brunet. *Paris*, Labitte, 1856. In-8, br.

796. Catalogue des livres rares et précieux très-richement reliés de M. William Hope. *Paris*, Lavigne, 1855. In-8, br.

797. Catalogue des livres composant la bibliothèque de M. l'abbé Laboderie. *Paris*, Delion, 1854. In-8, br. (Prix.)

798. Catalogue des livres rares et précieux de M. Chedeau de Saumur. *Paris*, Potier, 1865. In-8, br. (Prix et noms des acquéreurs.)

Produit de la vente, 153.000 fr.

799. Catalogue des livres rares et précieux de la collection de M. G. G... de Br. (Gancia de Brighton). *Paris*, Potier, 1860. In-8, br. (Prix et noms des acquéreurs aux principaux articles.)

800. Catalogue des livres de Chardin. *Paris*, Debure, 1823. In-8, demi-rel. v. f., n. rog. (Prix.)

801. Catalogue d'un choix de livres anciens provenant d'une grande bibliothèque (M. Aug. Leprevost). *Paris*, Delion, 1857. In-8, br. (Prix.) — Catalogue des livres de M. F. R. F. *Paris*, Delion, 1856. In-8. (Prix.)

802. Catalogue des livres rares et précieux composant la bibliothèque de l'abbé J.-B. de Bearzi, protonotaire apostolique. *Paris*, Ed. Tross, 1855. In-8, br. (Prix.)

803. Catalogue de très-beaux livres tant anciens que modernes, provenant de MM. W. et A. (Wurtzer et Audenet). *Paris*, Techener, 1841. In-8, br. (Prix.)

804. Catalogue des livres de M. François. *Paris*, Aubry, 1867. In-8, br. (Prix.)

Catalogue remarquable par sa nombreuse collection d'ouvrages sur la Bibliographie.

805. Catalogue des livres rares et précieux composant la bibliothèque de M. H. D. M***. *Paris*, Potier, 1867. In-8, br., n. rog. (Prix.)

806. Catalogue des livres rares et précieux de M. Desq, de Lyon. *Paris*, Potier, 1866. Gr. in-8, br. (Prix.)

Produit: 106,400 francs.

807. Catalogue d'un choix de livres composant la bibliothèque de M. le baron E. de V*** (Ernouf). *Paris*, Techener, 1861. In-8, br. (Prix.) — Catalogue des livres anciens et modernes de M. le comte de l'Espine. *Paris*, Lavigne, 1865. In-8, br. (Prix.)

808. Catalogue des livres rares et curieux de Gabriel Pei-

gnot, précédé d'une Notice sur sa vie. *Paris*, Techener, 1852. In-8, br. (Quelques prix.)

Il est curieux de comparer les prix des articles de cette belle collection avec ceux d'aujourd'hui.

809. Catalogue des livres rares et précieux de la bibliothèque de M. E. B. (Baudeloque). *Paris*, Potier, 1850. In-8, d.-rel., veau f. (Prix.)

810. Catalogue de la bibliothèque de M. A. Baschet. 1866. In-8, br.

811. Naudin. Catalogue de la bibliothèque de feu M. Naudin. *Paris*, 1865. In-8, br. (Prix marqués.)

812. Catalogue de la bibliothèque de M. A. Dinaux. *Paris*, 1864-65. 4 parties en 4 vol. in-8, br. (Prix et tables des 3 premières.)

813. Bibliothèque de M. Taffin de Givenchy. *Saint-Omer*. 1860. In-8, br.

814. Catalogue de livres rares et curieux de feu M. Linder; vente en 1865. In-8, br.

Nombreuses mazarinades.

815. Peignot. Amusements philologiques, ou Variétés en tous genres. *Dijon*, Lagier, 1824. In-8, d.-rel. v.

816. Delandine. Mémoires bibliographiques et littéraires (et archéologiques). *Paris et Lyon*, *S. d.* In-4, br., n. coupé, gr. pap. vergé, 488 pages.

Très-rare, tiré à 100 exemplaires, inconnu à Brunet.

817. Bernard (Aug.). Geoffroy Tory, peintre et graveur, premier imprimeur royal, réformateur de l'orthographe sous François Ier. *Paris*, Aubry, 1857. In-8, br.

818. R. Delisle. Mémoire sur les actes d'Innocent III, suivi de l'itinéraire de ce Pontife. *Paris*, Durand, 1857. Gr. in-8, br., tiré à 150 exemplaires.

819. Nolhac. Dernières observations sur l'auteur de l'Imitation de Jésus-Christ. *Lyon*, 1847. In-8, br. Rare.

820. Prioux. Claude-Robert Jardel, bibliographe et antiquaire. *Paris*, 1859. In-8, br.

821. Quérard. Notice bibliographique des ouvrages de M. de La Mennais, de leurs réfutations, de leurs apologies et des biographies de cet écrivain. *Paris*, 1849. In-8, br.

Rare, et tiré à petit nombre.

822. Journal historique, ou Mémoires critiques et littéraires, par Charles Collé. *Paris*, de l'imprimerie bibliographique, 1805. In-8, d.-rel.

823. Revue nationale et étrangère. *Paris*, 1860-61. In-8. (24 numéros.)

Première année, complète.

824. Bulletin du bouquiniste. *Paris*, Aubry, 1864-65. 4 vol. in-8, br. — Annales du bibliophile, du bibliothécaire et de l'archiviste, publiées par L. Lacour. *Paris*, 1862. (12 numéros.)

825. Les 365. Annuaire de la littérature, par le dernier d'entre eux. *Paris*, 1858. In-12, br.

826. Bibliographie catholique, t. IV, VI, VII, VIII (1844-1849). 4 vol. in-8, cart., non rog.

Le tome 8 contient la bibliographie des journaux de 1848.

SUPPLÉMENT

827. Sacrarum cæremoniarum sive rituum ecclesiasticorum S. Rom. Ecclesiæ, libri III, edidit C. Marcel. *Venitiis*, 1582. In-4, vél., fig. s. bois.

828. Rituum ecclesiasticorum sive sacrarum ceremoniarum SS. Romanæ Ecclesiæ, libri III, non ante impressi (authore A. P. Picolominaco); edidit C. Marcellus. *Venetiis*, L. Lauredanus, 1516. Petit in-fol. vél.

829. Institutions de l'art chrétien pour l'intelligence et l'exécution des sujets religieux. Documents puisés aux sources de l'Ecriture Sainte, etc., sous le point de vue de la peinture, de la sculpture et de la gravure, par l'abbé Pascal. *Paris*, 1856. 2 vol. in-8, br.

830. La Piété du moyen âge, par A. de Martonne. *Paris*, 1855. In-8, br.

Sur les miracles, les mystères, les fêtes du moyen âge, les fêtes des fous, de l'âne, etc.

831. Le Triumphe des Carmes, 1311; poëme du XIVe siècle, publié par Aimé Leroy et A. Dinaux. *Valenciennes*, 1834. In-8, br.

Petit poëme satirique tiré à très-petit nombre.

832. L. A. Seneca a M. A. Mureto correctus et notis illustratus. *Romæ*, B. Grassus, 1585. In-fol., vél.

833. Libri de re rustica, M. Catonis, libri I; M. Terentii Varonis, libri III; ed. P. Victorius. *Parisiis*, 1543. — Enarrationes vocum priscarum in libris de re rustica, per G. Alexandrinum; Ph. Beroaldi in libros XIII Columellæ annotationes.

Parisiis, 1543. — De latinis et græcis nominibus arborum, fruticum, herbarum, piscium et avium, liber, cum Gallicæ eorum nominum appellatione. *Parisiis*, 1547. In-12, maroquin olive, filets comp.

Jolie rel. anc. avec armoiries et le chiffre L : B.

834. Seminarium sive plantarium earum arborum, quæ post hortos conseri solent. — De re hortensi libellus. — De re vestiaria, ex Baysio excerptus. — De vasculis, adulescentulorum causa ex Bayfio decerptus. — De re navali, auctore Car. Stephanæ (Estienne). *Parisiis*, R. Stephani, 1536-37. In-8, p. de daim.

835. Recherches historiques et physiologiques sur la guillotine, et détails sur Sanson, par L. du Bois. *Paris*, 1843. In-8, br., fig.

836. Prospettiva di fortificationi del G. Portigiani. *Bononie*, *S. d.* In-fol. obl., vél., pl. bien gravées.

837. L'Alphabet de la mort de Hans Holbein, entouré de bordures du XVIe siècle et suivi d'anciens poëmes français publiés par A. de Montaiglon. *Paris*, Tross, 1856. In-8, cart. à l'angl., n. rog., fig. sur bois.

838. Ovidi XV metamorphoseon librorum figura elegantissime, a C. Passalo laminis aeneis incisæ, autore G. Salsmanno. *S. l.*, 1600. In-8, v. f., jolies figures (texte allemand en regard).

839. F. Petroni Arbitri satiricon, editio ex D. J. A. Consali de Salas. *Francofurti*, 1629. In-4, vél., front. gravé.

840. Les Trouvères brabançons, hainuyers, liégeois et namurois, par M. A. Dinaux. *Paris et Bruxelles*, 1863. Grand in-8, br.

Ce livre renferme près de 100 notices sur les poëtes brabançons et des extraits de leurs productions.

841. Broceliande. Ses chevaliers et quelques légendes recherchées publiées par l'éditeur de plusieurs opuscules bretons. *Rennes*, 1839. In-8, br.

Exempl. grand papier de Hollande de cette publication tirée à petit nombre et publiée par M. le baron Du Taya.

842. L'Ariane de M. des Marets. *Paris*, 1639. In-4, v. f., fig. d'Abr. Bosse.

843. Les Entretiens de M. de Voiture et de M. Costar. *Paris*, 1654. In-4, n. rel., front gravé.

844. Commentaires et Annotations sur la Sepmaine de la création du monde de G. de Saluste. *Paris*, Chevillot, 1583. In-4, v. br., tr. dor., front. grav.

845. La Philis de Scire, pastorale du comte Bonarelli, traduite en vers françois (par l'abbé de Torche), avec l'italien à côté. *Paris*, 1669. In-12, v. br. ; fig.

846. Lettres de Mme de Sévigné, de sa famille et de ses amis. *Paris*, 1818. 12 vol. in-12, portraits et fac-simile. — Mémoires de M. de Coulanges, suivis de Lettres inédites de Mme de Sévigné, de son fils, de l'abbé de Coulanges, et d'autres personnages du même siècle, publiés par M. de Monmerqué. *Paris*, 1820. In-12; figures. Ensemble, 13 vol., br.

847. Œuvres posthumes de Marmontel. *Paris*, 1804. 4 vol in-8, cart., n. rog.

848. Notice sur la vie et les œuvres de Franç. Girardon, par M. Corrard de Breban. *Troyes*, 1850. In-8, br.

849. Lettere di Paolo Manuzio, copiate sugli autografi esistenti nella bibliotheca Ambrosiana. *Parigi*, 1834. In-8, br.

Ce travail, dû aux soins de M. Ant. Renouard, a été tiré à petit nombre sur papier vergé de Hollande.

850. Historiæ Augustæ scriptores VI; cum notis eclectis J. Casauboni, C. Salmasii et J. Gruteri accurante C. Schrevelio. *Lugd. Batav.*, 1661. In-8, v. br., front. grav.

851. Procopii Arcana historia; ex bibliotheca Vaticana N. Alemannus, protulit, latine, reddidit et notis illustravit. *Lugduni*, J. Jullieron, 1623. In-fol., mar. roug., compart.; fig.

Exempl. en riche reliure du temps et d'une très-belle conservation.

852. La Légende de Charles, cardinal de Lorraine, et de ses frères, de la Maison de Guise, par F. de l'Isle, Ier livre. *Reims*, J. Martin, 1576. Pet. in-8, vel.

853. Des Distinctions honorifiques et de la particule, par Henri Beaune, 2e édit. *Paris*, 1863. In-12, br.

854. Légendaire de la noblesse de France; devises, cris de guerre, dictons, etc.; des provinces, des villes et des familles nobles de France, par O. de Bessas de la Mégie. *Paris*, 1865. Gr. in-8, br.

855. Histoire généalogique de la Maison de France, avec les illustres familles qui en sont descendues, par Scé. et L. de Saincte-Marthe. *Paris*, 1619. 2 vol. in-4; l'un en v. br., l'autre en vélin.

856. Mémorial nobiliaire du règne de Louis XIV, contenant les noms de toutes les familles qui se sont illustrées dans le clergé, dans les armées, etc., avec une Introduction historique, par L. Schauer. *Paris*, 1863. In-12, br.

Contient une grande quantité de noms de familles nobles.

857. Mémoires du marquis d'Argenson, ministre sous Louis XIV, avec une Notice sur la vie et les ouvrages de l'auteur, publiés par René d'Argenson. *Paris*, 1825. In-4, cart., n. rog.

858. Les Principes de 1789 et les titres de noblesse, par M. Ernest Hamel, avocat. *Paris*, 1858. In-18, br.

859. Nobiliaire toulousain, inventaire général des titres probants de noblesse et de dignités nobiliaires, par A. Bremond. *Toulouse*, 1863. 2 vol. in-8, br.

Excellent travail orné de nombreux blasons gravés.

860. Les Fils d'Arpad ; étude historique, par Germain Sarrut. 1861. Gr. in-8, br. *Table générale et blason.*

Entièrement relatif à la famille de Crouy-Chanel, de Hongrie.

861. Habitations lacustres de la Savoie, par L. Rabut, avec un Atlas contenant 16 belles planches lithographiées, in-fol. *Chambéry*, 1864. In-8, br.

Intéressant ouvrage d'archéologie tout à fait épuisé.

862. Italia di G. A. Magini. *Bononiæ*, 1620. Gr. in-fol., vél., reliure fatiguée, cartes gravées.

863. Le Guerre d'Italia dall' anno 1635 fino il 1655, scritte da G. Brusoni. *Venetia*, 1656. In-4, vél. portrait.

864. La Origine di molte citta del mondo e particolarmente di tutta Italia, etc., raccolto, e dato in luce da A. Turroni. *Viterbo*. In-4, br. en cart., taché.

865. Relationi del cardinale Bentivoglio, publicate da Er. Puteano. *Colonia*, 1632. Pet. in-4, vél.

866. La Historia delle Cose fatte in diversi tempi sidi Casa Orsina di M. F. Sansovino. *Venetia*, N. Beuil'acqua, 1563. In-4., vél.

867. Historie universali de suoi tempi di G. Vollani. *Venetia*, Giunti, 1559. 2 part. en 1 vol., in-4, vél.

868. Delle vite, overo fatti memorabili d'alcuni papi, e di tutti i cardinali passati di H. Garimberto. *Venezia*, G. G. de Ferrari, 1567. In-4, v. fau.

869. Historia delle guerre di Ferdinando II e Ferdinando III, e del re Filippo IV di Spagna contro Gostavo Adolfo re di Suetia, e Luigi XIII, re di Francia, succese d'ell anno 1630, fino all' anno 1680, del conte Gualdo. *Venetia*, Bertran, 1643. 2 part. en 1 vol., in-4, vél.

870. Il memoriale della lingua italiana del G. Pergamini

con P. Abriani tratta; aggiontovi di piu la grammatica dello stelflo Pergamini. *Venetia*, 1656. 2 part. en 1 vol. in-fol., vél.

871. Isolario di B. Bordone; nel qual si ragiona di tutte l'isole del mondo, con li lor nomi antichi e moderni, historie, fauoli, e modi del loro vivere... *Venezia*, N. d'Aristotile, 1524, pet. in-fol. vél., figures.

872. Ulyssis Aldrovandi dendrologiæ naturalis scilicet abrorum historiæ libri II, sylva glandaria, acinosumque pomarium, ubi eruditiones omnium generum Ovidius opus labore collegit, quod R. Berna editum. *Bononiae*, J. B. Feronii, 1668. In-fol., vél., front. gravé; figures.

873. Historia universale dell' origine, e imperio de Turchi raccolta da M. F. Sansovino. *Venetia*, M. Bonelli, 1573, 2 part. en 1 vol. in-4, vél.

874. Compendio dell' istoria del regno di Napoli : di Collenucio, di Roseo e di F. Costo. Con le annotationi del Costo, etc., da essi autori translaciate. *Venetia*, Giunti, 1613, 3 part. en 1 vol. in-4, vél.

875. Delle turbulenze della Francia in vita del re Henrico il Grande, d'al Ales. Campiglia libri X. *Venetia*, 1617. In-4, vélin.

876. Le Istorie delle Indie orientali des G. P. Maffei della J. de J. tradotte di latino da M. F. Serdonati. *Fiorenza*, 1589. In-4, vél.

877. Historia della guerra fra Turchi, e Persiani di G. Th. Minadoi. *Venetia*, 1574. In-4, vél., piqué de vers.

878. Recueil de pièces historiques. *Paris*, 1651-60. 1 vol. in-4, vél.

Ce recueil contient les causes de la détention et de l'élargissement de Mess. les princes de Condé et Conty, et du duc de Longueville;—la Sentinelle de Paris ; — Lettre au duc de Beaufort, écrite à Son Alt. royale sur la marche de son armée ; — ce qui s'est passé à la levée du siége de Colgnac; — ce qui s'est passé à la prise de la Tour de S. Nicolas, à la Rochelle ; — ce qui s'est passé au siége du Chasteau de Dijon depuis le 26 novembre jusqu'au 2 décembre 1651;—Lettre du mareschal d'Aumont au roy; — le Vœu des bons Bourdelois ; —Commission envoyée par le duc d'Orléans aux trésoriers de France, à Caen ; — Lauraine, sur l'avancement de ses troupes ; — l'Arrivée du duc de Beaufort dans la ville d'Orléans ; — le Prince sur le suiet de son arrivée aux troupes de Mess. les ducs de Beaufort et de Nemours ; — Bataille donnée, entre Chastillon et Briare, entre l'armée de Mgr. le Prince et celle du Mazarin, 3 pièces ; — la Défaite du mareschal de Senecterre ; —Levée du siége de Miradoux par M. le Prince ; — la Défaite de l'arrière-garde de l'armée de M. le Cte de Harcourt, 2 pièces ; — ce qui s'est passé entre les habitans de la ville et les troupes de Mazarin (le 14 et 17, et 21 et 25 févr. 1652), 4 pièces ; — Prise du pont de Cl..., etc., etc.

879. Ordres de chevalerie civils et militaires (Dictionnaire encyclopédique des), créés chez des différents peuples depuis les temps les plus reculés jusqu'à nos jours, par M. Maigne. *Paris*, 1861. In-18, br. (Planche coloriée.)

880. Inventaire des titres recueillis par Samuel Guichenon, précédé de la table du Lugdunum Sacroprophanum de P. Bullioud, suivis de pièces inédites concernant Lyon. *Lyon*, L. Perrin, 1851. In-8, br.

Imprimé avec luxe et tiré à petit nombre, orné d'une planche d'armoiries et de fac. sim. de manuscrits.

881. Le Magasin pittoresque publié sous la direction de M. E. Charton. 30e et 31e années. *Paris*, 1862-63. In-4, en livraisons.

TABLE DES DIVISIONS

Paris. — Typ. A. Parent rue Monsieur-le-Prince, 31.

RED. :

19

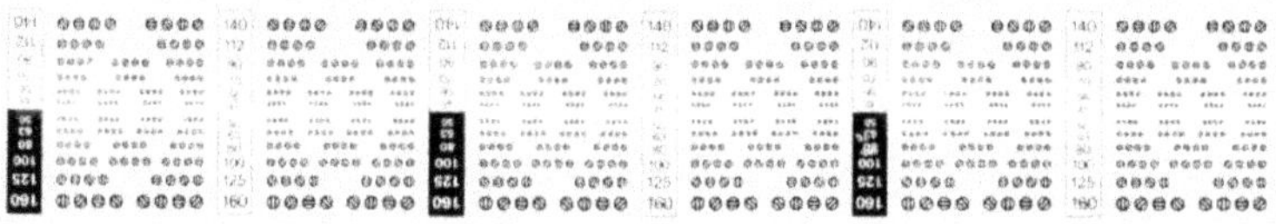

MIRE ISO N° 1
NF Z 43-007
AFNOR
Cedex 7 - 92080 PARIS-LA-DEFENSE

graphicom

0 1 2 3 4 5 6 7 8 9 10

www.ingramcontent.com/pod-product-compliance
Ingram Content Group UK Ltd.
Pitfield, Milton Keynes, MK11 3LW, UK
UKHW022052170726
13837UKWH00002B/911